PHILIPPE JACCOTTET
墨水或许来自阴影

L'encre serait de l'ombre

Notes, proses et poèmes choisis par l'auteur
(1946-2008)

〔瑞士〕菲利普·雅各泰 著

赵域舒 译

著作权合同登记：图字 01-2024-0961

Philippe Jaccottet
L'encre serait de l'ombre. Notes, proses et poèmes choisis par l'auteur (1946-2008)
©Éditions Gallimard, Paris, 2011
Simplified Chinese edition copyright ©2024, Shanghai 99 Readers' Culture Co., LTD.
All rights reserved

图书在版编目（CIP）数据

墨水或许来自阴影 /（瑞士）菲利普·雅各泰著；赵域舒译 . —— 北京：人民文学出版社 , 2024
（巴别塔诗典）
ISBN 978-7-02-018590-0

Ⅰ . ①墨⋯ Ⅱ . ①菲⋯ ②赵⋯ Ⅲ . ①诗集 – 瑞士 – 现代 Ⅳ . ① I522.25

中国国家版本馆 CIP 数据核字 (2024) 第 066510 号

| 责任编辑 | 朱卫净　何炜宏 |
| 装帧设计 | 李苗苗 |

出版发行　人民文学出版社
社　　址　北京市朝内大街 166 号
邮政编码　100705

印　　制　凸版艺彩（东莞）印刷有限公司
经　　销　全国新华书店等
字　　数　140 千字
开　　本　889 毫米 ×1194 毫米　1/32
印　　张　10.75
插　　页　5
版　　次　2024 年 5 月北京第 1 版
印　　次　2024 年 5 月第 1 次印刷
书　　号　978-7-02-018590-0
定　　价　89.00 元

如有印装质量问题，请与本社图书销售中心调换。电话：01065233595

目录

我用力重新站直,然后看见 …………………… 001

一、1946—1961
选自《苍鹭》 …………………………………… 003
 夜是一座沉睡的大城 …………………… 003
 因为我是我们生活的局外人 …………… 004
 放心,它会来的!你靠近 ……………… 005
 宁　法 …………………………………… 006
 播种季(诗歌笔记)…………………… 008
 河流与森林 ……………………………… 013
选自《无知者》 ………………………………… 015
 秘　密 …………………………………… 015
 嗓　音 …………………………………… 016
 冬　天 …………………………………… 017
 无知者 …………………………………… 018
 诗人的工作 ……………………………… 019
 葬礼守夜 ………………………………… 021
 茨冈人 …………………………………… 022
 空中的话语 ……………………………… 023
 远远看见的伤口 ………………………… 024
 房　客 …………………………………… 025
 不平等的战争 …………………………… 026
 橡树林更远处的起义 …………………… 027
 在雪的漩涡中 …………………………… 029
 距　离 …………………………………… 030
 死者之书 ………………………………… 031

选自《梦想的元素》……………………………… 036
　　　　对海长长的抱怨，火回应说 ……………… 036
　　　　羔羊之夜 …………………………………… 048
　　选自《记事本笔记（播种期）之一》……………… 053

二、1962—1970
　　选自《空气》…………………………………… 061
　冬　末……………………………………… 061
　　　　很少有，没有什么 ………………………… 061
　　　　将泪水播种到 ……………………………… 062
　　　　在残存冬日的草丛 ………………………… 063
　　　　真实，非真实 ……………………………… 064
　　　　夏日黎明的月亮 …………………………… 065
　　　　冬　月 ……………………………………… 066
　　　　青春，我将你消耗 ………………………… 067
　　　　夜晚的最后一刻 …………………………… 068
　　　　那里，大地的尽头 ………………………… 069
　　　　噢，阴郁者的伴侣 ………………………… 070
　　　　在冬日树木围出的空地中 ………………… 071
　鸟、花和果实……………………………… 072
　　　　黎明时分高高的一根稻草 ………………… 072
　　　　所有花朵都只属于 ………………………… 073
　　　　我行走 ……………………………………… 074
　　　　那一边撕裂玫红空气 ……………………… 075
　　　　黑夜将尽 …………………………………… 076
　　　　地平线上一只粉红色的白鹭 ……………… 077
　　　　眼　睛 ……………………………………… 078
　　　　什么是目光？ ……………………………… 079
　　　　呵！田园诗再一次 ………………………… 080
　　　　我不想再装作 ……………………………… 081

雨　燕 …………………………………… 082
　　在这白昼柔和的热烈中 …………… 083
　　果　实 …………………………………… 084
　　八月的雷电 …………………………… 085
　　果实随时间变青 …………………… 086
　　担心斑鸠 ……………………………… 087
　　树叶或大海的光芒 ………………… 088
　　没有人能居住和进入的地方 …… 089
　　比风吹过 ……………………………… 090
十月的田野 …………………………………… 091
　　完美的温柔出现在远方 …………… 091
　　一整天，都有看不见的鸟 ……… 092
　　草丛里的山羊 ……………………… 093
　　土地整个儿可见 …………………… 094
　　苹果树的空地上 …………………… 095
　　在仅仅有山脉 ……………………… 096
　　鸟 ………………………………………… 097
　　黎　明 …………………………………… 098
　　我难以放弃那些画面 ……………… 099
　　树（一） ……………………………… 100
　　树（二） ……………………………… 101
　　树（三） ……………………………… 102
　　我将在我的目光中保留 …………… 103
　　但我的眼里将总有一枝 …………… 104
　　而蓝色空气中高高的云 …………… 105
选自《有着消失面孔的风景》 …… 106
　　树木和小麦 …………………………… 106
　　土耳其斑鸠 …………………………… 110
　　隐形的鸟 ……………………………… 113
选自《记事本笔记（播种期）之二》 117

三、1971—1983

选自《课程》 ································· 131
 让他站在房间的角落里 ················· 131
 以　前 ····································· 132
 在缓慢的云 ······························· 133
 我仅仅想远离 ···························· 134
 如果不是第一下撞击，就是第一阵痛 ··· 135
 一种惊愕 ································· 136
 在最远的星星和我们之间 ·············· 137
 丈量吧，勤勉的大脑，是的，丈量 ····· 138
 哑了。词语间的连接也开始被拆解 ····· 139
 "谁将帮我？没有什么能来这里 ········ 140
 现在这就在我们上面 ···················· 141
 人们可以将这命名为恐怖、垃圾 ······· 142
 灾　难 ····································· 143
 一股简单的气息，空气中一个轻轻的结 ··· 144
 人们把它撕碎，把它拔起 ·············· 145
 不再有任何微风 ························· 146
 这已经不再是他 ························· 147
 我重新抬起眼睛 ························· 148
 玩具堆中的孩子 ························· 149
 如果有可能（谁又知道呢？） ········· 150
 假期说，其实我，只有唯一一个愿望了 ··· 151
 而我现在整个儿在天国的瀑布里 ······· 152
 然而你 ····································· 153

选自《低处的歌》 ···························· 154
 我看见她很灵巧，装饰着花边 ········· 154

说 ·· 155
 说很容易，而划书页上的词 ··········· 155
 有一天每人都看见了 ···················· 157

可是有时候，说话是另一回事 ……… 159
是否会有些事物更愿意居住在词语中 ……… 161
够了！噢够了 ……… 162
我本想不要意象地说话，只是 ……… 163
那么说话是困难的，如果是寻找 ……… 164
最后像撕碎破布一样撕碎这些影子 ……… 165
我很愿拔去舌头，有时 ……… 166

选自《在冬日光线里》 ……… 167

一 ……… 167

花，鸟，水果，是真的，我邀请了它们 ……… 167
"是的，是的，是真的，我在劳作中看到了死亡 ……… 169
"再次击毙我吧，用毁灭了神 ……… 170
一个老去的男人是生命里 ……… 171

二 ……… 173

现在帮帮我，黑色而新鲜的空气，黑水晶 ……… 173
一个陌生女人滑进了我的话语 ……… 175
十一月的云，你们这些成群的阴郁的鸟 ……… 176
……而天会整冬都暖和吗 ……… 177
所有我又突然想起的（并不很经常） ……… 178
有时泪水涌上眼睛 ……… 179
冬天，晚上 ……… 180
听，看：不是从土地中升起一些东西吗 ……… 181
现在我想要雪下在这一切上面 ……… 182
忠实的眼睛越来越疲弱，直到 ……… 183

选自《博勒加尔》 ……… 184

三个幻想 ……… 184

三　月 ……… 184
四　月 ……… 187
五　月 ……… 190

选自《云下所想》 ……… 194

人们看见·················194
　　人们看见小学生们大叫着奔跑··········194
　　灵魂，如此怕冷，如此怯生··········195
　　这么多年·················196
　　她靠近圆镜子···············197
　　在窗框被刷白的窗子后面···········198
　　有人编织着水···············199
　　有一段时间某人仍在光的茧中·········200
　　人们经过时看到这些东西···········201
云下所想···················202
致亨利·普塞尔················205
　　听：怎么可能···············205
　　他让我们听到母羊经过············206
　　不要相信他触到了一种柏木和象牙的乐器····207
　　倾听着夜的你···············208
　　人们想象着一颗彗星············209
　　毫无疑问，这一次远行者··········210
　　我倾听你时················211
　　你坐在··················212
选自《记事本笔记（播种期）之三》········213

四、1984—1989

选自《记事本笔记（播种期）之四》········231

五、1990—1999

选自《翠绿簿》················247
　　樱桃树··················247
　　绿白色的徽章···············253
选自《多年以后》···············260

小村庄	260
博物馆	265
一只有把手的细颈长瓶	265
伊特鲁里亚的女士	267
空旷的凉廊	269
多年以后	273
多年来	273
对冬日天空仓促的玫瑰	276
就在冬末	277
而终于,到了最后的弥撒	279
选自《记事本笔记(播种期)之五》	280

六、2000年之后

选自《而,可是》	299
已经划去标题	299
知更鸟	303
给田野的牵牛花	306
又一次?	306
斜坡上没有露水的花朵	307
迎着天光绽开	309
粉红的牵牛花	310
没有必要性、没有价码、没有力量的事物	311
所有绽开的花	312
粉红的牵牛花	313
荷尔德林,在《莱茵河》中	314
对于荷尔德林,那"纯粹涌出者"	315
心有旁骛或一无所思的过路人	316
若花朵有"内心"	317
一如伛偻者在读一本书	318

选自《这一丁点儿声响》……………………… 319
沟壑笔记……………………………………… 319
　　事　后 ……………………………………… 327
这一丁点儿声响……………………………… 329

我用力重新站直,然后看见:
好像有三束光。
来自天上的那束,来自天堂
流淌在我身上又消失的那束
和我的手在书页上擦去其阴影的那束。

墨水或许来自阴影。

这穿过我的天空使我惊奇。

人们或许会认为,为了更好地描绘天空
我们备受折磨。但这折磨,胜于
飞翔,悲悯淹没了一切,闪耀着
和夜晚同样多的
泪水。

一

1946—1961

选自《苍鹄》

夜是一座沉睡的大城,
风吹着……它从远处来到
这张床的庇护所。这是六月的午夜。
你在沉睡,我被带到这无尽的海岸,
风吹动榛树。这一声呼唤来临
它时而靠近,时而疏离,简直就是
穿过树林的转瞬即逝的光芒,或者
像地狱里盘旋的阴影。
(这夏夜里的一声召唤,我能从中,
从你的眼睛,说出多少事物……)但它只是
叫苍鹄的那只鸟,在郊区这片树林的
深处叫我们。而当星星沉入街角时,
我们的气味已经是
黎明时腐烂的味道,我们
如此灼热的皮肤下,瘦骨已嶙峋。

因为我是我们生活的局外人,
所以我只对你说话,用奇怪的语词,
因为也许你将是我的祖国、
我的春天、稻草之穴,和枝丫上的雨水

我黎明时颤抖的水蜂巢
我初生的夜之甜……(但它
是这样的时刻:伴随着欢乐的叫喊,
快乐的身体躲避在爱里,一个女孩

在寒冷的院子里哭泣。你呢?你不在城里,
你没有迈步去迎接夜晚,
是这样的时刻:仅仅因为这些简单的话

我记起一张真实的嘴……)成熟的
果实、金色小径的源头、常青藤花园,
我只对你说话,远离我的人,我的土地……

放心,它会来的!你靠近,
你燃烧!因为那将在诗歌末尾出现的词
将比第一个词,更加接近
你的死亡,死亡一路不停。

别以为死亡会在树枝下睡着,
或在你写作时缓口气。
甚至就在你吮吸时,用最渴时
为你止渴的嘴,那带着柔软叫喊的

柔软的嘴,吮吸时,甚至就在你用力束紧
你们四条胳膊的结,为了在
你们头发灼热的黑暗中保持一动不动时,

死亡来了,天知道走了哪些弯路,朝你俩走来,
来自很远或已很近,但要冷静,
死亡来了:从一个词到另一个词,你又老了些。

宁 法 ①

在这花园,水的声音没有干涸,
这是一个洗衣女工,还是尘世间的仙女
我的声音无法融进那些
掠过我、逃离我、带着不忠经过我的声音,
我只剩这些玫瑰凋谢
在草丛中,所有声音在那里,随时光沉寂

——仙女,溪流,令人愉悦的画面!
但除了一个清晰的声音,谁还在此寻找别的东西,
一个隐藏的女孩?我没有臆想出任何东西:
这里是熟睡的那条狗,聚集的鸟儿们,
工人们弯下腰,在像火一样灼热的
脆弱柳树前;女仆在一天结束时
向他们欢呼……他们的青春和我的青春
像芦苇一样耗尽,以同样的速度,
三月为我们所有人而来……
      我不是在做梦
当我听到那个声音,过了这么久,
从这花园的底部又传到我耳朵,唯一一个声音,
这场演唱会上最甜蜜的声音……
     "——噢,多米尼克!
没想到会在这里找到你
在这些人当中……——别说了,我不再是那个

---

① 宁法(Ninfa)是位于意大利中部拉蒂纳省的一座花园,面积达 105 公顷,园内有中世纪的遗迹以及来自意大利各地的植物,被誉为世界最浪漫的花园之一。

曾经的我……"
　　　　　　　　我看到她优雅地
向我们的客人打招呼，然后像水消失一样走了，
离开公园，而太阳正在消失，
已是冬天快五点了。

播种季（诗歌笔记）

一

我们想要守住纯洁，
虽然邪恶拥有更多现实。

我们想不携带仇恨，
尽管风暴令种子窒息。

了解种子是多么轻的人，
不敢仰慕雷电。

二

我是树优柔寡断的那根线条
树丛间，飞鸽扇动翅膀：
人们抚摸你，抚摸之处生出羽毛
但在因距离而失望的指尖下，
柔美的阳光如稻草破碎。

三

这里，大地已穷途末路。但即使只下
一天雨，人们都可以通过大地的湿润
猜出一种纷乱，纷乱中大地重返簇新。
死亡，有一瞬间，有了雪花莲的清新气息……

四

在我身上，岁月公牛般威风凛凛；
让人快要相信它是强悍的……

如果我们能让那斗牛士疲倦
将死刑延迟稍许!

五

冬天,树木沉思。

然后有天笑声嗡嗡响
而树叶的低语,
是我们花园的装饰。

对于再也不爱谁的人,
生活总是更远。

六

噢!春天最早的日子
在学校的庭院玩耍,
在两堂风之课之间!

七

我急切、焦虑:
谁了解另一种生活带来的
创伤和宝藏?一个春天可以
在喜悦中迸发,也可以朝死亡吹拂。
——这是乌鸫。一个害羞的女孩
从家里走出,黎明在潮湿的草丛间。

八

从很远的地方,
我看着街道,和它的树、房子,

还有这季节清新的风
它常将意义改变。
一辆大车经过，装着白色家具，
在灌木丛的阴影中。
内心的日子一天天过去，
剩给我的，片刻就能数清。

九

雨中上千只虫子工作了
整夜；树上绽放水珠，
倾盆大雨听起来像遥远的鞭子。
然而，天空依然晴朗；花园里，
工具如钟敲响清晨。

十

这看不见的空气
携来一只遥远的鸟
和没有重量的种子
明天，从中将萌生
树林的边界！

噢！生命的水流
固执地奔向低处！

十一
（1947年3月14日塞纳河）

布满碎纹的河流变得浑浊。水位上升，
冲刷着河岸的鹅卵石。因为风
像一艘阴郁而高耸的船从海洋
驶下，满载黄色种子。

有一股水气,遥远而乏味……人们颤抖,
仅仅因为猛然看到那些睁开的眼睑。
(有条波光粼粼的运河,我们沿着它走,
源自工厂的运河,我们扔了一朵花
在源头,为在城市将它重寻……)
童年的记忆。河流永不再相同,
日子也一样,那个掬水在手心的人……

有人在岸边用树枝生火。

十二

并非所有这些绿意都缩成一团,
却都颤抖和闪耀,
如同我们看到喷泉的水帘
对最轻微的气流敏感;树梢
最高处,似乎停歇着一大群
嗡嗡的蜜蜂;轻灵的风景中
永远不可见的鸟儿呼唤着我们,
声音像种子一样被连根拔起,还有你,
你的发绺垂在清澈的眼睛上。

十三

这个星期天,只有片刻我们在一起,
当风停歇,连同我们的热烈:
街灯下,金龟子
点亮,然后熄灭。像远处
公园深处的纸灯笼,或许为你的欢宴而备……
我也曾笃信你,你的光芒
曾令我燃烧,又离开我。燃烧的干壳
坠入尘土时碎裂。另一些升起,

另一些熊熊燃烧,而我,留在了阴影里。

十四

一切都在向我示意:急于生活的丁香,
把球忘在公园的
孩子们。以及,人们在附近一根接一根
剥树根时翻转的方砖,被折磨的
女人的气味……空气将这些鸡毛蒜皮
织成一块颤抖的布。我把它撕碎了,
因为我一直孤独,总在寻找痕迹。

十五

丁香又一次开了
(但不保证对任何人都这样)
红尾闪烁,女仆的声音,
当她和狗说话时,会变柔软。蜜蜂
在梨树上劳作。天空深处,
机器一直震颤……

河流与森林

一

三月的树亮得不真实,
一切都还那么清新,以致这明亮勉强能坚持。
鸟类并不多;这样刚好,
很远的地方,山楂树照亮了灌木丛,
杜鹃在歌唱。我们看到烟雾闪烁,
带走了我们焚烧了一天的东西,
枯叶成为逼真的花冠
然后,遵循最糟的路给出的教训,
在荆棘下,我们到达海葵的巢穴,
它如晨星,明亮而普通。

二

我仍然知道我的神经网络
像蜘蛛网一样不稳定,
但我仍不吝于赞美这些绿色的奇迹、
这些柱子,即使是那些选中被斧劈的,
还有这些伐木工的马……我的信任
有一天应该延展到斧子、闪电
如果三月的美丽只是
乌鸫和紫罗兰的服从,在晴朗的日子。

三

星期天用哼哼唧唧的孩子装满树林,
正在老去的妇女;二分之一的男孩
膝盖会流血,人们带着灰手帕回家,

把旧文件留在池塘附近……叫声
与光线一起远去。因其魅力，
一个女孩在每一次警报响起时都会拉紧裙子，
神色疲惫。所有的温柔，空气的温柔
或爱的温柔，都有其反面的残酷，
每个美丽的星期天都需付出赎金，像假期
像桌上的这些斑点，其中的日子，让我们忧虑。

四

任何其他的担心都微不足道，
我不会在这森林里走很长时间，
而话语并不比沼泽地的这些柳絮
有用，也不比它们无用：
如果它们闪耀，是否坠入尘埃，并不重要，
其他许多人将行走在这树林，他们将会死去
美是否坠落、腐烂并不重要，
因为它似乎处于完全的屈服中。

1947 年—1950 年

选自《无知者》

秘　密

鸟类的财富很脆弱。可是
愿它在灯光下一直闪耀！

如此潮湿的森林或许守护着它，
我感觉是一阵海风把我们带到那里，
我们看到它背对我们，像个影子……
然而，即使是对走在我身边的人，
即使对这首歌，我也不会说出
在爱的夜晚我们占卜了些什么。不如
让沉默的常春藤爬上墙？
以免一个多余的词将我们的唇分开
以免美妙的世界坠入毁灭。

那在黎明把死亡也变成白线的事物，
鸟儿把它说给倾听者。

嗓 音

万籁俱寂时,谁在那儿歌唱?谁用
这沉闷而纯洁的声音唱一首如此美的歌?
是在城外,在罗宾逊,在一个
白雪覆盖的花园?还是就在附近
某个人并没料到有人在听?
我们别急切地想知道
既然白昼也不大被隐身的鸟
抢先。但让我们仅仅保持
沉默。一个嗓音升起,像三月的风
给老树林带来力量,这嗓音降临我们,
没有眼泪,确切地说,笑对死亡。
我们的灯熄灭时,谁在那儿歌唱?
没人知道,而仅仅那颗心听得见
那颗不求占有、也不求胜利的心。

冬 天
——致吉尔伯特·库勒 ①

然而我已懂得给我的话语插上翅膀,
我看着它们在空气中闪烁、旋转,
将我带到被照亮的空间……

而我是被关在冰冻的十二月吗?
像一个失声的老人,在窗户后面,
在更加晦暗的每一刻,游荡在记忆中。
而如果他笑了,是他穿过了一条明亮的街,
是他闭上眼,遇见一个影子,现在
和寒冷如十二月的这么多年以来……

这个女人,远远地,在雪下燃烧,
如果我沉默,谁将叫她再次闪现,
叫她不要和其他火焰一起陷入
森林中的尸骨堆?谁将在
黑暗中,为我打开露水之路?

然而,这天之前的那个时刻,被
最微弱的呼喊所融动,已在草中被猜出。

---

① 吉尔伯特·库勒(Gilbert Koull),瑞士插画师。

无知者

我越老,无知越增长
我活得越久,拥有的越少,掌控的越少。
我拥有的一切,就是一个空间
时而积雪,时而闪亮,却从没人居住。
馈赠者、向导、监护人在哪里?
我站在我的房间,首先我保持安静……
(沉默像仆人一样进来,将秩序放置好),
我等待谎言口口相传:
还剩下什么?剩下什么给这垂死的人,
以阻止他死去?什么力量
让他依然在四面墙之间说话?
无知的我,焦虑的我,难道能知道?
但我真的听到他说话,他的话
与白昼一起渗进来,虽然很模糊:

"就像火,爱只将它的光亮
建立在,木头化为灰烬的错与美之上……"

诗人的工作

每时每刻越来越衰弱的目光
它的作品,不是哭泣,同样不是做梦,
只是像牧羊人一样警醒,呼喊那些
如果它睡了,可能会丢失的东西。

*

就这样,抵着墙、被夏天照亮
(更像被夏天的记忆照亮)
在白昼的宁静中,我凝望你,
你总是更加远离,总在逃逸,
我呼唤你,你在晦暗的草地上发光。
如同过去在花园里,声音或微光
(没人知道)将逝者与童年相连……
(她死了吗,黄杨树下那个女人,
她的灯熄灭,她的行李散开?
或者她会从地下返回
我会走到她面前,说:
"这所有日子,您做了什么?小巷里
既听不见您的笑声,也听不见您的脚步。
应该对谁也不说一声就离开吗?
噢,夫人!现在回到我们中间吧……")

在今天的影子与时间中,隐藏着
昨天的影子,一言不发。这就是世界。
我们并不会长时间看到这影子:刚好够

留住那闪耀的和行将熄灭的,
够呼唤又呼唤,够颤抖于
再也看不见。已经枯竭的人就是这样专注,
像一个男人屈膝跪下,人们看见
他用力拢住他瘦瘦的火苗,不被风吹熄……

葬礼守夜

在死者的房间
人们没发出声响:
人们举起蜡烛
目送他们离开。

我在门槛上
提高了一点嗓音
说了几句话
来照亮他们的路。

但是那些人
即使从雪地下面祈祷过,
清晨的鸟,也会来
接替他们的声音。

茨冈人
——致热拉尔和玛德莱娜·帕雷齐厄①

树下有一堆火:
人们听到它低声地
对沉睡的国度说话
在城门旁边。

如果我们在沉默中前行,
晦暗的居所间
来日无多的灵魂
源自害怕会死的恐惧,
源自隐藏的光线
无休止的低语。

---

① 热拉尔·帕雷齐厄(Gérard Palézieux,1919—2012),瑞士画家和雕塑家。玛德莱娜是其妻子。

空中的话语
　　——致皮埃尔·莱里斯 ①

如此明亮的空气说道:"我一度是您的房间,
然后其他的旅人将来到您的地盘,
而如此爱这个居所的您,将去
哪里?地上的灰尘我看得很清楚,
但您曾望着我,您的眼在我看来,
并不显得陌生;可您偶尔唱起歌来,
这就是全部吧?您甚至压着嗓子
对一个常常睡眼惺忪的人说话,
您对他说地上的光线
太纯粹,以至于您不得不有了
以某种方式逃向死亡的意识,
您想象自己在这意识中前行,
可是我再也听不到您说:您做了
什么?尤其您的女伴怎样想?"

*

她透过快乐的眼泪答道:
"他变成了这个讨她喜欢的影子。"

---

① 皮埃尔·莱里斯 (Pierre Leyris, 1907—2001), 翻译家, 他将莎士比亚、弥尔顿、布莱克、艾略特、叶芝等众多英语诗人的作品翻译成法文。

远远看见的伤口

啊!世界过于美了,对这没包裹好
总在人身上寻找逃逸时刻的血液而言!

痛苦的人,目光烧灼,而他说"不",
他不再爱着光的移动,
他贴着地,已不知道自己的名字,
他说"不"的嘴,可怕地陷进地里。

在我身上,聚集着透明的路
我们将长久地忆起我们隐藏的联系
但有时这平衡也是可疑的
当我俯下身,我隐约看见地面溅满血点。

这耀眼的马蜂窝中,有太多黄金,太多空气
给那身穿劣质纸衣、在此欠身的人。

房 客
　　——致弗朗西斯·蓬热 ①

我们高居空中一座轻盈的房屋,
风和光彼此交织,将它分隔,
有时一切那么明亮,让我们忘记了岁月,
空中每扇门都愈加敞开,我们在其间飞翔。

树在下面,草在更下面,世界是绿色的,
清晨时闪闪发光,夜幕降临时,熄灭,
远处呼吸着的山脉
如此清瘦,漂泊的目光都能穿过。

光建立在一个深渊之上,它颤抖着,
那我们抓紧待在这震颤的居所吧,
因为没几天,它就会沉入黑暗,化为尘埃。
或者粉碎,突如其来让我们流血。

将房客带到地上来,你,女仆!
他双眼紧闭,我们在院子里找到了他,
如果在两扇门之间你把你的爱给了他
现在就将他,降临到长满植物的潮湿房子。

---

① 弗朗西斯·蓬热(Francis Ponge,1899—1988),法国诗人和评论家。

不平等的战争

十一月的鸟叫,柳树的火,它们
如同,引我从危险到危险的信号。

即使空中的岩石下面是通道,
讯息在薰衣草和葡萄树之间缓缓流动。

然后灯光倾泻一地,白昼消逝,
我们想起了另一张嘴,它要求着另一个空间。

晦暗的床上,女人的叫喊、爱火,就这样
我们开始奔下这里的另一个山坡。

我们将把彼此拽进溪水流淌的峡谷,
带着笑和叹息,像植物一样相互缠扭,
筋疲力尽的伴侣,再没有什么能使他们分开,
如果他们在他们头发的结上,看到黎明现身。

*

(同样,当水面上星星的顺序变乱时,
用两根芦苇自我保护,抵抗雷声……)

橡树林更远处的起义

在这些山庇护的壁垒里
宣布哀悼,是一回事,
走出门槛,面对正在
获胜的残暴,又是另一回事。

无名无权的人,在那一刻
获得了智者如此追求的:
都去街上!仅需一点儿鲜血
就能不用空等,而辟出道路!

穿过透明的群山,
我看到他主动赴死:
一头全副武装的公牛血洗了他
将那头和身体插入沥青。

曾装着这么多梦想的头骨,
对如此多金子来说,是个太脆弱的罩子:
它碎了,不久前,这里,易逝的
爱,还在夜的四壁间奔涌。

某些人呼唤上帝的闪电
因为害怕看到自己的手被烧伤……
然而是的!如果上帝埋在某个地方,
就让他雷劈这些累积的暴行!

*

橡树庇护下的安静梦想：
哭泣挖不出严重的伤口，
叫喊打不断最细的锁链：
没什么能跨越封闭的边界。

在雪的漩涡中

他们依然在结冰的地方骑行,
死亡没能使之倦怠的几个骑士。

他们在越来越远的雪地里点火,
每阵风过,至少会少燃一簇火。

他们无法置信地小、晦暗、匆忙,
面对需击败的辽阔、白色、缓慢的灾祸。

确实,他们的谷仓不再堆着金子或干草
却藏着以最大耐心擦亮的希望。

他们奔跑在被笨重的魔鬼弄得模糊的路上,
或许他们将自己变得如此小,是为更好猎取它?

最终,人们总是用同一个拳头
来挡住那不洁动物的气息。

距 离
——致阿尔芒·吕班①

雨燕在高空打转:
更高处,盘绕着看不见的星斗。
愿白昼退到大地尽头,
灰沙之地,将出现这些火焰……

就这样,我们居住在一个运动
和距离的范畴;就这样,心
从树到鸟,从鸟到遥远的星辰,
从星辰到星辰的爱。就这样,爱
在封闭的屋里生长、盘旋和发酵,
忧虑者们的仆人手擎一盏灯。

---

① 阿尔芒·吕班(Armen Lubin,1903—1974),亚美尼亚裔法国作家、诗人。

死者之书 (1956)

一

进入到年龄属性中去的人,
他将不再在镜中,用一只更加干练
和温柔的手,找寻蝴蝶、花园、书、
沟渠、树叶、痕迹:
生命行进到这里,男人的眼睛变得暗淡,
手臂已太弱,无法抓住,无法征服,
我看着他,他注视着一切远离,
那曾是他唯一的事业,他温柔的渴望……

隐藏的力量,如果有的话,我请你,
让他不要陷入对其错误的惊惧,
不要反反复复说虚假的爱的话语,
让他已耗尽的力量最后一次跳跃着,
聚集起来,让他被另一种沉醉占据!

他最艰难的战争曾是轻快的鸟的闪电,
他最严重的意外曾勉强是一场雨的入侵;
他的爱曾仅仅让芦苇折断,
他的荣耀在墙上刻了一个很快被毁的
炭黑的名字……

*

现在让他穿着他唯一的不耐烦,
进入到这最终和他的心相称的空间;

让他带着他唯一的对所有科学的热爱,
进入那曾是他泪水灰暗之源的谜底。

他没得到任何承诺;
没人给他任何保证;
没有任何回应传到他耳朵;
没有一个过去认识的女人,举着一盏灯,
照亮他的床,或者漫无止境的林荫道:

那么让他等待,和仅仅是自娱,
如同树木只在失败中学习闪耀。

二

在忧虑中没有屈从的伙伴,
不要让恐惧在这巧合中让你缴械:
应该有一种方法去战胜它,即使在这里。
或许也不是带着支票或军旗,
也不是带着耀眼的武器或空着手,
甚至也不要带着悲叹或招供,
也不是用一些话语,即使它们被记住……
仅仅陈述你微弱的眼中,你整个的存在:

白杨依然在晚秋的光线中
站立,它们在河岸旁颤抖,
一片又一片叶子,温顺地落下,
照亮后面危险的排排岩石。
时光不可知的强烈光亮,
噢,泪水,这片土地上幸福的泪水!

*

臣服于运动之奥义的灵魂，
经过，并被你最后的敞开的目光带走，
经过，这是过路的灵魂，没有任何夜晚，
以及欲望、飞升、微笑、让它停下。

经过：在土地和树木之间有空地，
某些火没有任何影子可以减弱。
那里目光深陷，像长枪上的铁一样震颤，
灵魂渗入，难以觉察地找到它的补偿。

走那条你心的挂念指给你的路，
和光线一起转身，和河流一起坚持，
像鸟不可避免要经过一样经过，
你远离吧：只有在一动不动的恐惧中才有完结。

三

让穷人的祭品献给死去的穷人：

疾流的岸边采到的唯一颤抖的
芦苇秆；对他来说，曾是微风、温柔的树
和光芒的女人说出的唯一的词；
高高的空中光线的记忆……

然后因这三下轻击，为他打开
一片没有空间的空间，所有痛苦消失其中，
和一片没有光亮的光亮中那张不可思议的脸。

四

这些漩涡,这些火焰,和这些凉爽的大雨,
这些足够幸福的目光,这些长了翅膀的话语,
所有这些在我看来,都像箭一样飞起,
穿越隔板,同时被带向
一个更透明的目标,越来越高,

这或许是一座芦苇的大房子,
现在已坍塌,在火中,已烧光,
是灰烬,在军队走过后,
穷人将磨擦这背和头颅的灰烬……

只有无知存留。死亡无存。
笑也无存。我们牙齿之下
光的一阵迟疑,喂养了爱。喂养者
靠近东方:一大早,一个男人出门了。

五

可是如果我用那些没多少重量的词语谈论的事物
真的就在窗帘后面,如同在山谷上、
雷声中前行的寒冷呢?不,因为这
又是一幅不可冒犯的图景,然而,如果
死亡真的在那里,如同有一天必然如此,
这些画面、这些敏锐的思想、在漫长的生命中
被保护的许诺,将会在哪里?如同我看到
光线在所有嗓音的颤抖中逃跑,
力量在身体的胆怯中,沉没到犬吠里,
突如其来的荣耀,对于狭窄的颅骨来说太大!

怎样的劳作、怎样的热爱、怎样的战斗,

优先于这低劣的攻击?
怎样的目光,足够迅速,可去到冥间,
或者说,怎样的灵魂,足够轻盈,将飞走?
如果目光熄灭,如果所有的同伴远离,
如果尘埃中的幽灵,将我们抓紧。

六

在这美丽的身体降临到未知大地之处,
束着皮带的战士,或者赤裸着死去的爱人,
我将只画一棵树:它在它的叶丛中,留住了
一缕过路光线被染得金黄的耳语……

没什么能分开火与灰,分开欢笑与尘埃,
本没有谁认出那美人,如果没有她喘息的床,
只有骸骨堆和石子上才有宁静,
贫穷者,无论做什么,总在两阵狂风之间。

七

冬天的巴旦杏树:谁来说说,是否这树木
将很快在黑暗中穿上火焰?
或者在白昼里再次穿上花朵?
就这样,人类被葬礼般的土地喂养。

选自《梦想的元素》

对海长长的抱怨，火回应说

　　她抬眼看着他，如果说敢跟他说话的话，也几乎不知该怎么说；同样，没什么比两个人都避免泄露自己的骄傲和秘密更别扭的了。但她下定了决心，因为她太累了，因为白昼将尽时的一种巨大温柔这么怂恿着她："我们真的失去了这团火吗？"她说，似乎他现在更审慎于在交谈中使用形象的画面。"难道火燃烧的条件一定是短暂？如果是这样，我们将如何做？"她可能记起了那首不断重复的怀旧诗："童年，那时有过什么，又失去了什么？……"于是，所有光亮似乎都注定只照亮过去，比之于现在的阴影，或多亏现在的阴影衬托。于是，天堂后退，不停后退，最终处在了时间的开端，或时间的开端之前。"我们能做什么？我不想在怀旧中徘徊。那些不断围攻我们的敌人是谁？谁想摧毁我们，甚至在我们死亡之前？死亡从第一天起就对我们起作用了吗？从我们大声啼哭着进入它的帝国的那天？回答我，不要一直保持着那似乎不面向任何人的微笑！如果超然于我们一直鄙视的世俗的答案，生活就无解了吗？难道不应该，难道不是早就应该，让我们孑然一身，拒绝这些看似充满好意，实则残酷的戒律？既然这些戒律似乎在消耗着我们，并迅速摧毁我们。"

　　在她说话时，搜寻她的用语时，在话语之间的沉默中，夜色转过来，降临了整个大海，风也转向了，仿佛没有什么可以保护这个岛屿，使之免于风的脾气、风的暴力、风突如其来的疲惫。有时风的力量如此之大，以至于它随云朵，吹来一阵如此厚的湿气，让人脸色发白或双手抱头。所以我看到一个女人在咖啡馆的门槛上呕吐，另一个，应该是有人让她躺在肉店的后屋里。浪花让窗户满是水珠，海滩变了形，被海藻和焦油令人窒息的气味熏黑了。然后我想起我们的牧师是如何在小房间里谈论上帝的，那房间中每一个物件都是对美的一种藐视，对抗真实世界压力的一种无足轻重的防御；像一个下属谈论一个非常有德性和能力、可以全权支配其工人的老板；像他在根本不关心这个遥远人物是否存在的工人面前谈论他，那些工人，准确地说，他们只会因为这遥远人物可能突然到来而局促不安，会一想到他可能对他们的行为，或者甚至对他们下班后的行为发表不愉快的评论，而预先火冒三丈。想起这些话，想起他们曾对此充满苦恼，还表现出来，我不可能没有厌恶。如果必须谈论上帝，那就像被上帝的力量包裹和带走的先知们那样去谈：如果南方最轻微的风都可以让我们改变心意，那上帝是什么？如果不是一阵能以它唯一的方法，消耗掉这阵风的话。而从那时开始，怎么可以用学校校长的语气谈论它？这让人想起打哈欠就给一记戒尺的大队长。要不然就像圣徒那般去谈论吧：搜寻着词语，失语，上气不接下气，了解到，或者更确切地说，在他们存在的深处体会到：他们无法谈论上帝，他们只能寻求那些箭矢般的词，射向连他们都确信自己永远无法到达的地方……

我觉得，也许不正确，就是无论对上帝怎样满不在乎，都比在他无法居住的四堵墙之间冰冷而平静地使用他的名字更可取，那样跟火在封闭的容器中燃烧没啥区别。那这个立誓献身纯粹的人，他为什么不在挂着太美妙挂毯的隔板中间打开一个通道呢？这就是他必须做、必须撕裂、击伤、摧毁的；将这些过于平静、也过于严肃的灵魂，猛推进一条涌动着精神气息的通道。这条通道越狭隘，就越是带着狂热去猛推。这些人，如果他们有上帝的担保，他们怎么可能不幸福到爆，如果他们从深刻的、毋庸置疑的经验中知道，他们在这里完成的，只是关于永恒的练习，他们又怎么会有殡仪工那种胆怯悲伤的神情？那么或者，要试图赢回大众，特别是年轻人，充满力量的人，让他们摆出这种童子军领袖、好心情代表的派头？仿佛他们的严肃和快活同样是被迫的，仿佛这些内心生活的誓死捍卫者最终就止于一套制服。

她没有离开她的位置，就在窗边，她是这样年轻，这样完全坦率，以至于她的想法、她的话语总是毫不掩饰；同样，与可能会造成伤害的言语相比，她通常更喜欢沉默。但今天，她依然在寻找他者，不是不费力，不是不犹豫；然后，当她说完话后，她转过身去藏好她几乎要流泪的眼睛，然后她看到的，是水面上短暂的雨和地面上几乎遮住了整个港口的急速的薄雾，矮房子窗户透出的最早的光亮。他也注视着这世界的碎片，仿佛在那里求救，以对抗时间的威胁，对抗时间的双剑。"我们看到了这世界的光芒，"她再次说道，"你知道的。薄雾、岩石、森林并没有将我们彼此分开，就像它们没有与我们分开。那被我称作火的，不，我只能说它曾是我的火，也许不是你的火。我们的诞生是由月亮照亮的，这很长一段时间以来，让我们，较之白天的雷声，更喜欢草丛中凉水微微的颤抖。但是，我想，火这个词在我心目中的含义，更确切地说，是某种激烈地活着、没有任何纷乱能将其放逐的事物，是在照亮周遭、赋予周遭以活力的过程中，通过土壤滋养自己，以便更好地向高处的轻盈升起的某种事物。""我们的火曾是一棵树。"他终于回答道，仿佛被这些闲言碎语中的甜蜜所迷惑。她不会在这个意象上被他带走，这里边，太轻易想到的东西会抹杀掉真正需要抓住的东西；她不想接受任何可能的谎言。空气顿时变得更冷了，一种和这世界一样古老的恐惧在这寒冷中栖息，也不应该听任自己沉浸在这恐惧中。

"我错过了什么，你不告诉我吗？难道你没看到我变了，我很痛苦很不安、遭受了很多不幸吗？"我很明白她试图抓住什么，想找到什么。这与我关于牧师们的记忆很相像：牧师们曾像反复念诵沉闷的日课一样，重复在风暴中最初所说的话。噢，如今上帝已无限地远离，有些人松了一口气，说他已经死了。上帝只不过是对上帝的记忆，没有力量，没有权威，不似基督诞生时那样（既然他曾在马厩里让国王们屈膝膜拜），而是如同最后一只野兽，或马厩里最后一根稻草，一种我们没有注意到的，突然在它教士般的鞘翅上显现出金色反射的昆虫。这意味着什么？所有这些掩埋在沙漠、灰烬、河流中的远古神灵的形象，这些扔进垃圾堆的马头骨头饰，这些装满干草或木桶的教堂，以及这些沉入河底，跟早已被遗忘或废止的战利品大炮汇合的巨大铜钟。如果时间连我们的众神都战胜了，或者至少战胜了我们为了不被众神蒙蔽，而赋予众神的面具，那么它怎么能不更快地威胁到我们世俗的幸福呢？那么，归根结蒂，这些火焰是什么？无人能否认它们多少有些突然地被点燃，多少带着些激烈，多多少少随年龄而越烧越旺。它们从哪里汲取这力量——这有时仍会在我们脚下消失，像最后一簇波浪或最后一片花瓣的力量？它们从何而来这恼人的弱点——这阻止着它们中任何一簇取得决定性胜利，一劳永逸改变一生的弱点？这就是这个男人和这个女人所面临的谜团，他和她仍然年轻，坐在一个非常古老而备受爱戴的世界的最边缘，试图保护自己，抵御那在即将进入可疑的黑暗时，弥漫于每片土地的悲伤。有史以来，有过这么多征兆！他们自己也见过一些，但他们知道还存在无穷多他们永远没时间去发现的。所有这些征兆，无论它们多么不同，都趋向于断定一种闻所未闻的奇妙可能性，断定一个既是我们的恐惧又是我们希望的谜。这不关科学的事，也不是教条的断言，但关乎一种趁着这些征兆，在我们身上再次开始的体验。有没有可能，我们的目光一变得锐利，然后无论转向哪里，带着跟失败、胡说八道和死亡的念头一样多的固执和激烈，就拒绝考虑从四面八方，也从历史深处，压迫我们的力量？最古老的话语带着箭的光辉向我们飞来，用一种令人迟疑的喜悦使我们伤痕累累；谁还敢将那些几乎不知道，就说出这些话（就像最初别人轻声对他们说）的人，贬入野兽或垃圾之列？透过昏暗的沙子，一块雕刻的石头、一座雕像升起；在被掩埋、被拆除的墙壁上，一个颜色模糊的东西重新出现，所有人都在反复念诵那恳切而充满自豪的同一个日课。今天……

"今天，"他终于说道，既然夜已来临，既然那受降福的孩子入睡了，放下了那棵被睡意之水带走的顽长植物，"今天我们被蒙蔽，因为充满敌意的黑暗似乎从我们最可怕的梦，侵入了岁月，像墨鱼的墨一样，把整个海都染成了黑色。那些深藏至今的恐惧，黎明用翅膀、羽毛轻拂来驱散的恐惧，蜂拥般侵入街道、走廊、灯火通明的小路。睁开眼，点亮灯，已不足以驱散它们。现在我们走在鬼魂和杀人犯之间，小礼拜堂的墙壁上有血迹，沿着港口仓库的酷热步道上有枪。这仍不是什么事；但是我们长久以来曾非常缓慢且局限的目光，现在将视野几乎扩展到了无限远，并且像在加速移动；因此，似乎最一动不动和最平静的东西变得生动起来：群山说它们在崩塌，星星喊道它们在爆炸。我们被迫了解世界的新尺寸，就是这，要求我们具有如此多的勇气、如此大的力量。如果现在，我闭目不看在这个确切的瞬间，我俩彼此挨坐在窗前的样子（而我们感受到六月的凉意，我们看到月亮将它的剑置于水面，我们听到一个孩子的呼吸和西风的呼吸，如此微弱，只能吹动松树最末端的树丛；而我们身上，还有那深刻的记忆，它越过我们的诞生而降临。还有我们曾走过或居住过的地方，和幻想中的天空），如果我忘记了我们之间有过那么多令人颤栗的多彩时光，如果有片刻，我也忘记了你美丽悲伤的双眼，和你靠着窗户时肩膀发出的微光，那让我去看什么？有什么能比常有怨言、又闪闪发光的亲密关系，比将我们撕裂开、又让我们合二为一的甜蜜，更为确定？"

或许她已经很久没有听了，这是女人的方式，她们知道，最好不要打断伴侣们罕见的、没完没了的演说。但也可能她已经更高兴听到他终于说出了心里话，更高兴自己以同样的睡意朦胧、心不在焉，感受到他话语的律动、高大黑树的律动、波浪的律动。也许这是一种幸福的重新开始，仅仅是他嘴里的话带给她的，如同亲吻。一种祈祷，本没有祈祷的意图，也不知道谁能接受到它。她感觉到什么，她已经预感到什么，但完全没把握：这种无聊的演说，在她看来太庄重太严肃的演说，即使没有回答她的问题，却也许，仅仅对他来说，是笨拙地开始去回答。如此，她假装有兴趣、热情，以免给他泼冷水。她问道，"所以你看到了什么，从这匆匆的一瞥？""用毫不费力漫游无尽空地的鸟的眼睛，我看到我们栖息在余烬中，余烬已熄灭；这个世界，我们一起如此欢欣地走在其斜坡上的世界，如果你愿意，我们还将在其中再走上一段时间的世界，这个我们的足迹如此轻盈的世界，本身只是一只蝴蝶时而闪亮、时而黑暗的翅膀，这蝴蝶的飞行区域不大广，这蝴蝶的生命长度很有限。我们如何能在一个如此脆弱的区域呼吸，我们将在这只是烟雾的土地上建造什么？"

他似乎在回避这个问题，转而谈论一些有点儿单纯、有点儿过于激动人心的愿景。她想说她曾害怕，怕他们的幸福受到威胁，作为回应，他向她展示了他在闪电中看到的世界的形象，一个不比牛蒡籽更严肃的世界。很快，夜晚，从没像在这个季节这么短的夜晚，将再次被白天的绚丽色彩所掩盖，他们会争论，他们会笑，他们会变老；有时，痛苦是穿着这些闪亮的颜色前行的，一个问题打开了门，没有答案来关上门……但愿这个爱着的女人耐心点儿，克制住那无礼的哈欠，即使那说话人的话就配这样。"就这还需要说教！"她带着温柔的不快想。

"这个火星般的世界，并不像你现在在大海的闪烁中所认为的那么陌生，也不像在你目光长长的火焰中那么陌生。一开始就讲述给我们的，是一个梦，强烈得如同对我们缺陷的觉察。因为有这个神秘的事实：即每一个开始，起初，甚至都不能称为开始（因为'开始'会假定有延续和结束），却似乎逃脱了时间。最开始，有一种奇妙的力量，它嘲笑接下来会发生的，或者无法设想接下来会发生什么（尽管过往曾有过无数次其他的开始，都只能说太明显地昭示着消耗——一旦坠入时光的话），有一种令人陶醉的力量，用快乐的话语（那些在我们周围说着、反复说着的话语），就像用一群天使包围着我们，如此连续不断，以至于话语间再不可能有裂缝，可以滑过不确定性或恐惧：'这就是爱的给予，是光明之地，是拯救我们的，对缥缈事物的确定！'正是在这样的开始中，一切都近在咫尺，一切都在场了，不再需要任何箭矢、任何词语，因为靶子尚不存在，也不再需要距离，人们可以在其终点将其竖起的距离……"

这一次，哭泣声盖住了说话声，因为他所说的，正是她觉得已经失去的，既然他们可以数一数，他们已经一起度过了多少年头。她寻思："现在只可能有老师教的课，或牧师的日课，道德规则，或对规则的打破，这种打破，将痛苦与新的幸福如此紧密地联系在一起，以至于新的幸福是一种虚假的重新开始，一种马上就会苦苦相逼的追逐，更是一种逃避。我们曾经承诺彼此忠诚。"

就在那时，在我一直想着这位牧师（关于他的记忆从未离开我），想着他给了我如此多痛苦时，因为我无法为上帝接受这种死亡方式（与其说是死亡，不如说是昏昏欲睡），我想象一定有另一种可能性去谈论它；以及：没有什么比对"开始"的崇拜和后悔更徒劳的了。我已经不喜欢某些回忆的书，将童年拔高到天堂状态，因为它们的作者没有力量或可能去改变，在对时光的愚蠢怀旧中筋疲力尽，任由自己被时光带走。在我看来，在所有天堂史的变异中，人们可以承认部分真理，作为对一个真理的投射；我清楚地看到我们称之为原始的，也就是最初的那些文字、艺术作品的特别强烈的光泽。因此，必须一劳永逸地承认一件事。我想在这里简单地表达一下，因为我相信这是完全可能的，无需求助于专家的语言（它涉及的是一种普遍经验）：正如我们的心一会儿接近，一会儿远离充实，时而用力体验"开始"的快乐，时而忧伤失去这快乐，和害怕已经永远失去了它；正如在历史的发展中，城市、国家、文明有时显得沐浴在丰饶中，"自然而然地"繁殖力很强（这不应该叫快乐，而是饱受滋养、充满活力、光芒四射），有时又倾向于对这种丰富性怀着遗憾或期待；有时，就像今天，到达了流亡的极点，今天连遗憾和期待都险些被太远、太荒凉的距离所吞噬。太阳的出现，对于我们的精神来说，确定得如同这种流动和不断变化着的饱满，出现在我们眼中，我们只是很难理解"它为什么以及如何"变化。我们如此喜欢那些"开始"，只是因为我们相信，我们比以往任何时候都离它们更远。这是我们的生活赋予我们的明确无误的简单体验，而我们在书中能够学到的一切经验，都为我们提供了其他意象，或多或少是清晰的，或多或少是真实的。

当我要求牧师像先知或圣徒一样说话时（也就是像那些曾经经历过"开始"的人，或者像那些一跃而起、在重寻亲密和火焰中不断复活"开始"的人），我选择了错误的路径，因为我在邀请他去模仿一种只有自然意义的暴力。我也必须明白，对他来说，上帝同样已经离开、削弱或模糊了，他的处境可能不令人羡慕，而是最困难的处境之一。但也不能接受他继续重复老套路，来戳已熄灭的火，我只好另寻他路：这条路上的人拒绝背叛充实，即使这充实看起来已无限遥远和令人怀疑，即使再也不知道该去哪里找它，即使一切都在嘲笑这充实。这，诗人确切地称它为："忠诚"。

如果想谈论上帝的人失去了雷声、火焰、风暴，如果他从未经历过灵魂向高处的深渊不可思议的飞行，如果他是那个无名之辈，没有出众的风度，日复一日拖着他的害羞、他的忧虑、他的笨拙，这个被各种绳索束缚着的人，他的脚步没有长上翅膀，而是尴尬或跛脚，这个仆人，他的宗教甚至没给他一套金色的服装来帮助他发光，甚至没向他施以美的援手，而只给了他一套可怜的审判者的制服和一个更像是小地下室而不是剧院的住所，如果这个人现在，最为不幸的是，认为自己有义务说话，不是反对像他一样贫穷、一样可怜的人，而是反对破坏所释放的所有力量，好像风暴、火焰、骤雨，确确实实已经传递给敌人，并成为虚假的风暴、虚假的火焰、虚假的漩涡，却越虚假越有效……他还有什么可做的？经历过真正的充实，他知道它与这种喧嚣、这种填充性质不同；经历过真正的"开始"，他知道它不会与对新鲜的狂热、想随时有变化的渴望、与过去被拒绝分不开的骚动不安，混为一谈。但谁给他权力？没有人，除了隐形者、缥缈者和远方；除了被鄙视的、被憎恨的、被拒绝的。而且，这缥缈，并非仅仅对于其他人是这样，也对于那些听命于它的人：他怎么能，他怎么还能，谈论这个似乎丢失的源头，并将这源头，这短暂的眼泪，对立于一切闪耀的、熊熊燃烧的、隆隆作响的、在人类中离我们很近、在我们身上释放出来的事物呢？如果我明白还轮不到他毫无技巧和诡计地怒喊，知道他更不能自信地谈论那些超越了海拔高度，看到了最不朽的景象融化在圣光中的人，我还将借给他什么武器？除了，确切地说，不在场的武器和最大的匮乏。但是有必要明确这些意象。

"是关于，"他现在对沉睡的人说（是因为她睡着了，几乎赤身裸体，被月亮揭去面纱，一个甜蜜的家，让他终于可以真正说话了），"一种新的爱，也许对我们来说，唯一一种仍被允许的爱，它默默地引导我们，从太阳戏剧性的消失到它苍白的回归。迷失者的爱、衰老影子的伴侣，甚至距离源头无限远的人，也足以建立这种沉默，在这沉默中，源头的声音一直可以被感知。现在沉睡的你，将你的美丽卷进夜的褶皱的你，与大海同时呼吸的你，明白，无论是哭世界的童年、我们的童年，还是哭我们爱情的童年，都是没用的。反而，我们应该随时间和岁月的流逝而改变，如今，始终，让我们身后的空间、我们前面的空间（因黑暗、未知而布满星斗）以及我们周围的空间敞开。所以我们一刻也不能停止呼吸、停止保持自由，所以世界不能停止进入我们的房间，骗过我们的守门人。我们将记起我们在一起的最初的日子、最初的夜晚；记起我们的无忧无虑散发出的优雅，记起这比影子更轻的幸福，记起那些个静止不动又没有距离的瞬间；但这并不是让我们怀着忧郁转回头去，就像浪漫主义的脆弱哭泣者。事实上，没有时间是浪费了的，除非没有爱，而且这都还不确定；没有浪费了的时间，只有对我们心灵持续不断的滋养，可见的或隐藏的滋养。如果最初的光只是断断续续地，或从很远的地方照亮我们，那就只让它像远处的星星，像我在海之镜中看到的这盏燃烧的灯，让它的距离也能接受，就在忧伤和疏远、变动密不可分的同时。对于一个成熟的男人来说，再扮演小孩也不合适（因为这样，他就讽刺了童年和成熟），只有在我们玩闹着，不惜一切代价去延长青春期的狂喜时，他才是体面的。如果我们接受时光和时光的规律，即使这每时每刻都很难，但在我看来，这些规律会变得不那么苛刻，各种界限也会不再那么隐晦不明。我们的目光和谐相融就够了。如果你睡得没那么深，现在你会听到房门掩过来的声音，风吹着露台上的树叶和碎屑，世界以一种充满力量和说服力的温柔靠近、进入、经过，我们不再对它设置任何障碍。记忆、过去受到的恩宠、我们能够获得的一丁点儿学问；然后那一刻突然出现的一切；然后是梦、欲望、期待：阴影或光，从我们身后，从我们前方，从外部或内部而来，没有恐惧，没有拒绝能让它们远离！于是，无论如何，一种充实可以被保护下来，另一种充实……这一种充实，只能在片刻间让我们眼花缭乱，想要绝对地把它摆进一个期限，将会是徒劳的，它并非为期限而生，它是如此强大，以至于它耗尽了距离、界限和障碍。这充实，也许是我们现在唯一有权了解的，当我们将距离、界限和障碍放到次要位置时,当我们耐心、沉默和忠诚的爱,努力让距离、界限和障碍变得透明和轻盈,而不是被它们的棱角伤到时,我们就得到了这充实;整个一生对这样一个努力来说都不多,任何衰老应该都不能打碎它,只要稍微保持着一点儿所有意义上的开放,甚至在挫折、石头或火焰的雨下面。还有更值得尝试的冒险吗?其他人肯定发出了更大的声音:反叛者大声喊叫,激起观众钦佩他拆除自家墙壁的勇气;但这还不够,他必须摧毁其他的墙,最后,如果合乎逻辑的话,摧毁自己;那不是解放自己,而是永远在被拒绝的担忧中委顿的精神,自我封闭于废墟和战斗中。是谁挥出一剑,消解束缚它的黑暗,难道是剑之旋光的囚徒?我们宁愿耐心而专注地团结起来,而这在我们看来似乎荒凉的时间,可能正慢慢地重新闪耀、重新增加。最后,就算世界爆炸,我们也不确定,在这巨大的雷霆中,不会有一种难以想象的可能性……"

他宁愿去睡了,也该他睡了。现在他们并排躺着,手牵着手。如果他再抵御片刻睡意,他就会听到松树下最早的鸟鸣(又是有风的一天,又是适合亲吻和沉迷幻象的一天!),他会在乳汁的清澈中看到世界重新开始,一些火焰熄灭,另一些火焰燃起,且越燃越旺,在这个时辰大抵总是很安静的水面上。既然他这么说了,似乎他可以重新想起时间和空间所有的魔法,这些缥缈的事物突然出现的方式,不是在一个地方,而是在那分隔和连接不同地方的事物中,在一些片刻的流逝中:田野上空被卷进冬天漩涡的雪,夜间生长着的花园,深陷进春日大地河流的冰冷的火……

因此,也许谈论那些缥缈的事情,并非完全不可能:从我们的日子中间,用一种与其说颤抖、不如说低沉的声音(确实这很不容易说!),同时带着巨大的确信(奇妙的确信,比任何三月的风都更适于播撒幸福),并意识到这种确信总会受到质疑:仿佛,在所有这些注定要倒塌的高耸纪念碑之间,闪耀着一些关联,任何破坏都不能改变它们;或者,相反,仿佛通过美的缺陷,通过伤口,通过缺失,猛烈地涌入痛苦而美妙的气息,它带着我们,不知疲倦地超越缺失与过错。

允许我说出这句话的,是夜吗?如同看上去的那样。是在夜晚,我才汲取了这力量吗?不是。我在这烧焦的大海或石炉般的森林中走了很久。我还听到鸟儿在大白天的恋人床榻上歌唱。正因为看到离我如此之近,如此至高无上的所有这些事物,这些我不是不知道其不可靠之处的事物:树木、岩石、潮汐,我才汲取了力量,来回应这种抱怨,用仅有的一个吻、一个翅膀、一根羽毛、一根小稻草,来回应抱怨的无边海洋。

羔羊之夜

我会继续追求、寻找奇妙的幻象。要汲干它的魅力,需要几生几世。或许要做到如此纯粹地展现它们,以至于让读者忘记讲述者,甚至忘记话语本身,并一口气抵达幸福,所需要的并不少。

我将再次说到一个月夜,但这一次遥远而隐蔽。因为,如果星星照亮了外面的夜晚,我从我的床上,只能看到窗户像黑框里的薄雾。也许,如果有羔羊在房前扎营,也会是同一种光。我想象着这些注定属于月光的纯洁野兽,我突然想起写在"金箔①上"的一句话,正如兰波一生所愿,人们在几个俄耳甫斯式薄片上找到的公式:"羔羊,我掉进了乳汁里";也许是密码,人们永远无法明确解释,是简短的句子,然而,在我看来,却拥有一种奇怪的力量,非常接近于自从我住进我们高贵的房子以来,所有那些让我感动的夜晚所具有的力量。我猜,其中隐晦地混杂着对纯洁、夜晚、诞生的暗示;暗示本身是理论上的,但这个谜一般而又简单的句子中的和谐,在我们心中凿出了一条悠长而甜蜜的道路。

所以我感觉我在乳汁的河上漂浮,穿过无边的夜。我只看到乳液状的窗户和它周围的影子,但我回忆起星星,我也想起一种看起来像星星的苔藓:像光一样活跃的思想,快乐地奔跑在空地上,因它的奔跑这个唯一的事实而闪亮……

---

① "俄耳甫斯金箔"通常指称公元前 5 世纪到公元 2 世纪的墓穴中发现的金质薄片,其出土地点从色萨利(Thessaly)延续到西西里,遍及古希腊世界的边缘地带。

有一个感觉非常根深蒂固，就是：照亮、住进、住满这些夜晚的，是一群灵魂。它们薄雾般的温柔褶皱靠近大地，它们清凉的透明在山脉上方。天使，那些在《旧约》中，绝对触不可及地朝着罪恶之城进发的伟大白色身影，我几乎因此可以将它们想象成空气隐形的流动……

我还想到了克洛岱尔在《认识东方》①中的一句话，这句话困扰了我很久，在我看来描述了最令人羡慕的状态："我住在瀑布里。"仿佛时间不仅仅在消耗着我们，也是这包裹着我们的细致入微的清凉，是这光的折断、这纯粹的流淌……我的梦想如同雾中的一棵树，摆脱了它的根，看起来与其说像幽灵，不如说很刺激，我乐意随之飞升。

然而，当我的两个同伴睡觉时，我就该从梦想回到这扇黑暗的窗户，回到这片薄雾的帘幕，这帘幕又一次让我暴露出来，但用一种只适合于那一刻的方式，在那一刻，夜晚可能完全与我们通常所认为的不同，它是一个介于"温柔与野性"之间的空间；只有当我将翅膀带给我的梦想，只有我能够将地面上模糊光线的轻微颤抖传达给它时，我的梦想才能准确地被翻译出来，而这地面上，出现一群挨得紧紧的羔羊……也许还出现一些隐形的人物、一些远行者，走在附近这些我非常了解、因为已走过一百次的道路之上。

广阔而轻盈的空间……其中，最猛烈的风如此经常地吹过，可以说是家常便饭，以至于人们只能相信：那里，没有什么是静止不动的。在寂静中，在这个夜晚母性或女性的光芒中，我不得不想象蒙着面纱的远行者，他们的心怦怦跳着，心潮澎湃，双脚无视尘土阴森森的威胁。离开时，人们一定告诉了他们："你将会在逝者房屋的左边找到一泓泉水，旁边是一

---

① 总而言之，我记得这句话应该出现在《悬屋》的精彩文本中；不管怎样我还没重新找到这句话。——原注

棵白色的杨树；但你丝毫都接近不了这泓泉水；你会发现另一泓，从记忆之湖流出的一股清凉的水；前面有守卫；你会对他们说，我是大地和星空的女儿，我的种族是神圣的；你自己也知道这个。饥渴灼烧我、消耗我；所以快给我一些记忆之湖中流出的清凉之水。他们会让你喝圣泉的水，你将与其他英雄一起执政。"然后是晦涩、零散、勉强能听见的话语："……必须死……写道……黑暗的周遭……①"。

那么，人们因此给了他们什么劝告？除了去回忆。如果他们希望能够不会丧生，一直走到白昼之门打开缝隙。除了把他们的记忆、他们已变成梦想养料的过去，作为全部的行囊带走，以平息他们的饥渴，熄灭他们内心的火，洗去他们的原罪。或者仍要重返其源头、其天真无邪的童年？奇怪的事情，对于这些远行人，对于这个已上路并渐行渐远的女人（既然人们曾用阴性对她说话），对于这个也许有一天我再也见不到的女人，对于这个不怕在这温柔的黑暗中上路的女冒险家，人们曾建议她饮过去之泉……其实我本来想象过另一个劝告。但我预感到了什么？让我也陷入了迷途。

我没有否认童年的美好，但我害怕悲伤，害怕失去的东西的重量，害怕将藏起来的金银财宝数过去数过来的人的贪婪，害怕富人的谨慎。对这远行的女人，如果我在她走时，在她离开我走进黑暗时，从我的门槛上看到她，我本可以试着说："看这黑夜之光奇妙的不确定性、这甜蜜的危险、这近乎感性的颤抖。如果你回来，你会变成鬼魂或泪流满面。我甚至不会告诉你等待黎明。只管去探究你的痛苦吧，去发现路——如同树木将它遮蔽变暗；去发现河流——它冷冷的向低处的滑动，暴露在满月下；去发现芬芳——它从忧愁中显露。愿这沉

---

① 按照古典学者康帕雷蒂所说，写在佩特里亚的俄耳甫斯金箔上的话。——原注

默的热情,带你到心和劝告都无法到达的地方……"

也许,她害怕不能将自己托付给任何一个更不容置疑、无可辩驳的人生导师。许多人这样生活在无休止的恐惧中,对恐惧的恐惧;而过去的每一天,似乎,带给他们多一些理性。改变仍算不了什么,甚至去冒险也算不了什么;但是,让年轻的微笑、清澈的眼睛、柔软的头发,仅仅让瞥到的、想象中的、梦想中的这远行女人的声音——远非像他曾开心想过的那样,会变成茉莉花或细草的声音,去受伤害、遭啃噬、被损害吧;不是被带到其他世界,甚至无限远和未知的地方,不是躲开了我们的感官,而是让它们,首先受到流血和撕裂的威胁;愿骄傲的灵魂被羞辱,快乐的目光褪色,被玷污,如同被划伤……进入世界的法则太可怕了,我不知道是否有一种力量,能够抵御这种想法。

兴许,是有时早晨凄凄惨惨地临近,让人想到这些画面。我不能困于其中;我必须让白昼充满好运。

在一个如此复杂又如此脆弱的世界中,什么样的心灵有可能保持坚定?真的,我原本想嘲笑这样喊叫的任何人:"我了解那秘密,不存在两种方式去行动……"但怎么做?我们就说仅仅为了不犯错,不让自己脸红。对那已远走的女人,对在这如此温柔的夜里却十分苦恼的她,我能不能简单地说,等我变得更聪明?既然她的脚步带走了她,既然我已经几乎再也看不到她,我已经低到耳语的声音,几乎已无法赶上她。与其沉默,不如说一些不完整、不确定的东西,不过,宁可沉默,也不要说谎……我本来可以再这样试一次:"保持重重的轻盈,野性又顺从,焦虑又大胆,既不束缚于你的源头,也不完全健忘;跟着你的脚步,累了就歇歇,既不卑微,也不傲慢;总在两极之间,却从未表现出平庸……"话语本身比产生它们的微光更飘浮不定。改天,我会试着明确它们、强化它们;在阳光下，在我真实、生动、倔强的远行人面前。现在我训练有素，现在黑夜里的时光越来越清晰地流逝，对于那仅仅因为相信自己选取的方向而心甘情愿被裹挟的灵魂来说，不再有任何痛苦的可能，这灵魂允许我睡去。

选自《记事本笔记（播种期）之一》

　　自恋增加了生活的混浊度。一瞬间真正的遗忘，所有的屏障一个接一个变得透明，这样人们就可以一眼到底地看到清澈，和被看到的门一样远；与此同时，没有什么有重量了。这样，灵魂真的变成了一只鸟。

*

　　快八点了，因为天空整个儿被盖住，世界只有棕色，一张土做的桌子。这里街上点亮了一盏灯，像没有光线的太阳一样黄，那里有一扇金色的门打开，有一个影子在观察花园里接下来的天气。

*

　　早上，雨夹雪。
　　傍晚时分，雪停了之后，出现了一个白色、棕色和黑色的景象，这在这里很少见。树上如此薄的雪，就像我们在透过薄纱看。整座村子都洋溢着孩子气的快乐：老人们在扔雪球。

*

　　今夜，冷空气中有金色的光。它离开树，升到被风吹走的云端，多快呀！花园中，枯死的相思叶，淡黄色的，是最先落下的；每一天土壤上面都有丰饶。当果实成熟时，柿子树的丰饶随更多的光芒、缓慢和复杂而变。桃树，依旧翠绿，却在发绿。葡萄藤几乎完全掉光了，又老，又病。秋天的雏菊或小菊花的颜色，和这个季节很搭。从上到下的粉红色灌木。
　　现在金色变成粉红色，田野、树木的绿色加深，从黄绿色变成蓝绿色。风之箭。路有水的颜色、板岩的颜色。有些云已经像烟了。房间里光线的私密性,在白纸上,白纸也几乎变成了粉红色。书本、物品上笼罩着阴影。除了风声和话语声之外,什么也没有。

很快,夜晚将至,没灯就没法儿写作了。只有天空最高的地方,才有些天光了。我们转过去,背对太阳。

紫色的云彩,丁香。几乎蓝色的纸。熄灭的一簇火。我几乎看不到这些词了。

另一边仍是金色。而在东面,蓝色占上风。金——银。昼——夜。

再一次给夜晚挂上饰品:深渊。梦想的饰品:既有学术味又具音乐性,刚毅又喑哑,浩瀚而隐蔽。典范:荷尔德林、莱奥帕尔迪① 以及波德莱尔的某些诗。

在浩瀚中自由自在地活动。鸟儿们。其他例子,也许最美的,是但丁的句子:"东方蓝宝石的优美颜色……"但今天更多的则是托马斯主义②、神圣不可侵犯的数目,等等。孤独、遗弃、威胁,以及尤其温柔的,蓝宝石。

对莱奥帕尔迪的隐喻和思想、荷尔德林的张力、波德莱尔的态度持保留意见(当然很荒谬!)。

也许应该尝试其他的东西,其中,轻与重,真实与神秘,微观与宏观,处在并非宁静而是生机勃勃的和谐中。草,空气。那些极其脆弱而美丽的一瞥——就像瞥见一朵花、一颗宝石、一件金子做的工艺品——处于非凡的浩瀚中。星星和夜晚。宏大、流畅、轻快的演讲,其中语言的瑰宝隐隐占据着一席之地,也像雾中越来越远的事物。或者,一个人专注于一项不起眼的任务,突然想起了空间和时间的深度。

---

① 莱奥帕尔迪(Giacomo Leopardi, 1798—1837),意大利浪漫主义诗人。
② 托马斯主义是指中世纪神学家和经院哲学家托马斯·阿奎那创立的基督教神学学说,一种将亚里士多德哲学中的消极因素与基督教神学相结合的神学唯心主义体系,认为神学高于哲学。

*

从不确定性中，仍然前行。什么都没有得到，因为得到的一切不都是停滞吗？不确定性是动力，阴影是源泉。我因为没有一席之地而行走，因为没有学问而说话，证明我还没有死。喃喃自语着，我还没有被打倒。我所做的对我来说毫无用处，即使它被赞许，被视为一个里程碑。"诗人：不安定感的魔术师"……夏尔①说得对。如果我在呼吸，是因为我永远什么都不知道。"移动的、恐怖的、精妙的大地"，夏尔还说。什么也不要解释，而只是去说。

可是如何重新开始？一切都在那里。经过怎样迂回的间接的路？经过怎样的已消失的路？从匮乏、软弱、怀疑开始。忘记已经完成的，无视那些完成了、得到了鼓掌欢呼的，以及给当今作家的建议或发号施令。

特别是要挑战灵魂的扁平化。一点儿也不是让王子、骑士还俗，而是让他们的骄傲、他们的审慎还俗。没有高度就没有诗歌。至少我确信这点，且在没有另一力量的情况下，因为这力量而强大。但没有城堡：只有街道、房间、小路、我们的生活。

*

我为这白日将尽时远离的影子说话
或者不如说，为一边远离一边歌唱的它，
为它的脚步？这脚步因为在田野里占了上风
而带着距离赋予的所有温柔说话。
这比空气更动听的空气是什么？
如果不是撕裂本身，和柔情低语的
大地的距离，如果不是在路过时，
说了一连串话的时光？

---

① 夏尔（René Char, 1907—1988），法国诗人。

那消失的,一点儿也不会哭,而是歌唱。
树、房屋、花朵轮流消失
一直到影子一直迈着同样步履的路上,
那些路上,半闭的眼睛盯着河流之箭。
那里,那影子终究淡出了我的视线
山里升起的风,勉强高于
如此温顺和已经消失的它。

*

我悄悄将这片树叶塞进你的手
它不会再触碰大地的粗糙,或柔嫩
凭借向导,或灯,或铜板的方式,
它勉强是只翅膀,勉强是支
有些明亮的箭;
对抗深渊的贪婪,
它只有隐形的力量。它诉说的,
只是在毁灭的雷霆中,
那些不能直接或通过意象
看到、相信、证实,但我赠予你的事物
带来的挑战。它包含的,就像
雪中散落的痕迹,这样地路过,
证实着,没有任何微笑会消失
只有时间之斧下,才会诞生微笑。

*

你将如何立于这腐朽的世界
崩溃、风暴、无限的入侵
它们在我们废墟中的胜利
在两行惊骇的人之间前进,佩戴着饰有星宿的战利品。

我们的梦想，我们的庇护所中
将剩不下任何东西依然挺立

你该在哪里驻足？你的心
该去哪里寻找食物？世界在溜走，季节
在躲避，最纯粹的诗行已弄混。
词语的连接点断裂，有一些变暗，
另一些远离，但本质本身
和距离本身，再也抓不住。

是否会有泪水足够清澈
能在这些土地上为我们挖出一条路？
但如果不再关乎土地、路、
要穿越的夜晚，如果不再有
土地、白昼、疆域呢？
如果泪泉已干涸呢？
如果风，甚至不是风，如果风暴
确切说，风暴中的风暴
带走了最无足轻重的话语
和过去说它们的嘴唇，还有
朝着温柔之唇伸过去的脸颊，而温柔，
甚至激发了激动
就像一团火，回转身对着自己
大口吞吃火的记忆、火的名字
直至火的可能性，
如果海退出海，如果诸世界，
所有的世界，卷起，如扎营时的帐篷呢？
谁能再说话？如果他缺少空气。
我们之前没有人梦想过更盲目的梦想
或者更近的看见、更广泛的混乱。

*

　　树木与土地的区别仅在于其形状。一切都是大地的颜色，几乎是玫瑰的颜色，直到雪安营扎寨的地方。我用一簇老木头燃起的火对抗雪，对抗巴旦杏树积雪的花蕾。早春。几句话轻轻扔出来。

*

　　很奇怪，这个。
　　我端详过黑夜的脸和那些珠宝——夜用它们来点缀它的远离。抓不住的苏丹后妃，月色薄雾面纱下她的下半部分脸，被烧灼、被烧焦的美丽，任何手都抓不住的炭柴。

*

　　词语绝望的幸福，对不可能的事物，对那些每个人都驳斥、否认、削弱、摧毁的事物的绝望的保卫。每时每刻都如最初和最后的话、最初和最后的诗，困惑、凝重、不现实、缺少力量、固执的脆弱、不屈不挠的源泉；再一次，傍晚时分它发出对抗死亡、软弱和愚蠢的声音；再一次以清新、清澈对抗口水。再一次星辰出鞘。

*

　　一切都是灰色的粉末，除了一点点火焰
　　黄雀说：你是谁？你在干吗？
　　没什么还在朝着其终点前进。

*

　　夏季进山放牧。槌球场上畜群、圆月、和光线很搭的咩咩声。拴在墙上的驴子。公羊、它们的争斗、围成圆圈的野兽、神圣的场景。暮色降临。尘埃。

二
1962—1970

选自《空气》

冬　末

很少有，没有什么
能驱散失去空间之恐惧
能留给漂泊的灵魂

但也许，让灵魂一直
更轻盈、更不确定的，
是那用最纯粹的
声音，唱着
大地之距离的事物

将泪水播种到
那被改变的脸，
闪闪发光的季节
紊乱的河流：
翻刨土地的悲伤

岁月看着雪
在山上远离

在残存冬日的草丛
比草还轻的阴影，
羞怯的耐心的树林
是那审慎的、忠实的

仍然无法觉察的死亡

总是在旋转的日光里
这我们身体周围的飞翔
总是在白天的田野
这些青石板的墓地

真实，非真实
消失成烟

不比至爱的美人
遮蔽得更好的世界，
从你身上经过，是用
燃烧的尘埃欢庆

真实，非真实
闪耀着，芬芳的灰烬

夏日黎明的月亮

越来越亮的空气中
依然闪烁着这滴泪
或玻璃中微弱的火焰
当一片金色雾气
从山的沉睡中升起

就这样悬挂
在黎明的天平上
在应许之火炭
和这丢失的珍珠之间

冬 月

要进入黑暗
请拿着这面镜子,
那里熄灭了一场冰冷的火:

抵达黑夜的中央
你将只看见镜中反射着
一场母羊之受洗

青春,我将你消耗
连同这曾青葱的树林
在风从未带走的
至为明亮的烟中

几乎让你害怕的灵魂,
冬末的土地
只是蜜蜂之墓

夜晚的最后一刻

在那有着火炭、亲吻的
美丽圆花窗卧室外
那逃走的人,用手指着
猎户座、大熊座、伞形花
指给陪伴他的影子看

然后再一次,在光线中,
甚至因这光线而疲惫不堪,
穿过日光朝向大地
那群斑鸠的飞行轨迹

那里,大地的尽头
最贴近空气处
(在游荡着上帝隐形之梦
的光线中)

在石头与梦想之间

飘扬着这雪:逃走的白鼬

噢，阴郁者的伴侣
你听，为了更加屈服于火焰
火的灰烬在倾听的事物：

丰沛的河水下到
草和石头的台阶
最早的鸟颂扬着
总是更长的白天
总是更近的光线

在冬日树木围出的空地中
不进去,你就能占有
唯一的该有的光:
它不是热情的柴堆
也不是悬枝做的灯盏

它是树皮上的白昼
分散的爱
也许是圣光
由斧子带给它力量

鸟、花和果实

黎明时分高高的一根稻草
这贴着地面的轻盈微风:
这样从一个身体到另一个,发生了什么?
逃脱了山的怀抱的一泓泉水,
一截烧焦的木头?

石头之间,人们听不到鸟鸣
只是,很远,有榔头声

所有花朵都只属于
假装靠近的夜晚

但她的芬芳升起的地方
我不能指望进入
因此我如此困扰
如此长久地守在
这扇关闭的门前

所有颜色,所有生命
都诞生于目光止住之处

这世界只是
一场隐形大火的巅峰

我行走
在一个有着新鲜木炭的花园
在树叶的掩映下

嘴唇上有块炽热的煤

那一边撕裂玫红空气
一边燃烧的,或通过猛然拔除
或通过持续远离

山冈一边放大着夜
一边在它的两个山坡
滋养着两汪泪泉

黑夜将尽
这阵微风升起时
一支蜡烛首先
撑不住

在最早起的鸟儿之前
谁还能整夜不睡？
那穿过河流的风，知道

这火把，或者颠倒的泪水：
给那过路人的一个铜板

地平线上一只粉红色的白鹭
一段火的行程

橡树丛里
扼杀了其名字的鸡冠鸟

贪婪的火,隐藏的声音
奔跑和叹息

眼睛:
一汪丰盈的泉

但它来自哪里?
比最远还远处
比最低更低处

我相信我饮下了另一个世界

什么是目光?

比语言更尖锐的一根蜇针
从一种过度到另一种过度的路程
从最深到最远
从最暗到最纯

一只猛禽

呵！田园诗再一次
从牧场深处升起
连同它天真的牧羊人

只为一只蒙着水汽的高脚杯
——嘴唇啜饮不到的杯子
只为新鲜的一串
在比金星更高处闪耀！

我不想再装作
以时光的速度飞翔

就这样有一刻相信了
我静止的期待

雨 燕

在一天中暴风雨的时刻
在一生中惊恐的时刻
贴近麦秸根部的这些镰刀

一切突然叫喊起来,在更高处
在听觉攀不到的地方

在这白昼柔和的热烈中

只有一些微弱的喧嚣
(如脚后跟走在方砖上
一般的锤声)
在远离空气的地方。
而山是一个砂轮

噢! 让这山最终燃烧起来吧
连同掉在地上的琥珀
和用于隔断的琵琶木!

果 实

果园的房间里
是悬挂的球状体
时间的奔涌为它着色
是被时间点亮的灯
其光芒就是芳香

人们在每根树枝下呼吸
匆忙的芬芳之鞭

*

是草丛间的珍珠
薄雾越近
其珠光层越玫红

装饰的衣服越少
坠子越重

*

它们沉睡了多么长时间
在成百上千绿眼皮下面!

而炎热又如何

用加剧的急迫
造就了它们贪婪的目光!

八月的雷电

一绺抖落的长发
掠过面颊的粉黛

如此放肆
连花边都让它不悦

果实随时间变青
如同睡在一个梦的面具下
睡在火热的稻草
和夏末的尘埃里

镜面般闪光的夜

这一刻
泉水都像着了火

担心斑鸠
是白天的第一步

打断着被黑夜连接起来的

树叶或大海的光芒
或星星点点闪耀着的时间

山脊里整个儿的这些水、这些火
和悬空的山:
我一下子没有了心
它仿佛升得太高

没有人能居住和进入的地方
看,我朝着它奔跑
夜来了
像一个掠夺者

然后我重新拿起芦苇测量
这耐心者的工具

比风吹过
更转瞬即逝的意象
我曾就寝过的鸢尾泡①!

是什么关上又重新打开
引来这阵不确定的微风
这纸或丝的声响
这轻盈木片的声响?

这如此遥远的工具声
勉强像把扇子?

有一刻,死亡显得虚妄
连欲望也被遗忘
对于那在黎明之嘴前
折叠了又折叠的

---

① 鸢尾泡(bulle d'Iris),可能是一家客栈的店名。

十月的田野

完美的温柔出现在远方
在山与空气间的界限:

距离,长长的光芒
撕裂着,精炼着

一整天,都有看不见的鸟
卑微的声音
草丛间,被一片金叶打动的时刻

天空渐渐更加宽广

草丛里的山羊
是羊奶的浇祭

土地之眼何在
无人知晓
但我认识
土地所安抚的影子

影子分散,人们将未来的范围
看得更清

土地整个儿可见
可测量
被时间充满

悬在一片升腾的羽毛上
越来越亮

苹果树的空地上
散落的苹果

快!
让果皮被染红
在冬天来临前!

在仅仅有山脉
镜面般反着光的地方

仅仅有炽热目光
相交错的的地方

乌鸫和野鸽

鸟

是不断变换地方的火焰
以至于人们几乎看不见它们经过

是空地里动来动去的叫声

很少有鸟视野足够清晰到
连在夜里也能歌唱

黎 明

好像一个神醒来,
注视着温室与泉水

它的露水,在我们的低语
我们的汗水之上

我难以放弃那些画面

该让犁铧穿过我
冬日之镜,年轮之镜

该让时间在我身上播种

树（一）

从骸骨与种子的
混乱、昏暗世界
它们耐心地挣扎出来

为了每一年
能筛过更多空气

树（二）

如果眼睛从一棵冬青槲游移到另一棵
它是被颤抖的迷宫引领
被大群的光线与阴影引领

朝向一个勉强更深的洞穴

既然或许不再有石碑
也不再有缺席与遗忘

树（三）

树木，顽强的劳作者
一点点镂空土壤

因此坚强的心
也许，净化着一切

我将在我的目光中保留
一种像是来自落日而非黎明的红色
它是来自夜晚而非白昼的召唤
是宁愿被夜晚隐藏的火焰

我将在我身上带着
这夜的怀旧印记
但我仍将穿越它
带着一把乳汁镰刀

但我的眼里将总有一枝
隐形的遗憾之玫瑰
如同一只鸟的影子
在湖上飞过

而蓝色空气中高高的云
是冰做的环扣

是声音的阴霾
人们听到它永远沉寂

选自《有着消失面孔的风景》

树木和小麦

我们走在沙滩小路上，几乎没有痕迹，留下一些心不在焉的线条，与夜晚即将来临时变冷的余烬颜色一样。我们来到一丛冬青槲前，它的边缘挂着一种星星，是用乱七八糟绑在一起的小嘴乌鸦的羽毛做的。没有人。地里的工人已经在吃饭，或也许睡了。他们的身子变重，而外面却有一些被白昼隐藏的非物质的东西在苏醒。没有人。但是这些小树丛，我们总觉得有人居住，即使是以某种缺席的形式。黑色的星星，毛茸茸的，保护着小树丛不遭鸟儿袭击，除非这星星就是个摆设，没有它，这小树丛仍像一个必须跨过门槛才能进入的地方，像不经过麻烦就做不成的事儿，这麻烦，就如同尊重。

一个圆圈。一块空地。我要不要说人们在那里默默打着时间的麦子？但这阴影中没有一丝金色痕迹。

绿色、黑色、银色……怎么去说呢，怎么才能触到正确的调性、内在的调性？仙女木……这名字的发音，真的，很像树干上的颜色，过去，这些树干庇护过孕妇们；这名字又湿又厚，在黑暗的背景上闪光；仙女木，水神的姐妹，让人想起水和森林初始的联系。但这还不足以将这种树木与其他树木区分开来，在其他树木上，人们会惊喜地发现同样的裂缝。我再次审视它，在我的记忆中。绿色、黑色、银色……这三种颜色在这儿放在一起，我毫不怀疑它们有一种含义。在树的脚下，在我看来，不是光秃秃的土地，而是草地，几乎像草坪一样干净。银、沙、铁石英……但这种树木并没带着武器。我再看：

这绿色接近黑色，这银色有点儿发蓝。树干看起来像墙壁老旧的石头，叶丛在上面，像阴影；也许我们正站在一个通风的洞穴的门槛上，那风，已吹干最深处的瀑布？

渐渐地，我隐约看见一个真相：这片树林中的色彩，既不是事物的外壳，也不是其装饰，它们像光线一样从事物身上散发出来，和那些燃烧的、过客式的、变化的事物相比，它们拥有一种更慢、更冷的方式。它们从中心升起，从底部源源不断涌出。这些炭黑色的树干，覆盖着近似蓝色的地衣，就像在散发着光。是这光让我惊奇，它回避，又坚持。我觉得这光很老了，觉得它不再有年龄。我不想信口开河地谈论它，而是要基于我为寻找它而走过的这些弯路。人们看到它继续发光，继续被拒绝。它是海蓝色、海军蓝的吗？是属于夜晚的、铁青的、阴森森的吗？这些词中的每一个，我都不会无缘无故地想到，但很可能，这些词所表明的概念，会更多地出现在让一盘菜更香的草药中，相较于出现在冬青槲丛中。

如果就因为传递黑暗中的柔情，我感知到了一首影之牧歌呢？那会怎么样？那些影子低声聊着旧时光，而人们却没有认出它们在草丛中的脚步，比认不出雾的脚步更甚。或者，我能仅仅从这束遥远的、没有什么能接近的光线出发，说这束光很遥远，且应该将它保持遥远，就像在神位周围保持一圈不会被损害的完整空间吗？

因为众神形成了一个围栏，人们只想进入这些树下，在此歇息。然后保持静止，只是听，或甚至不听。人们会在神的集会上被接纳。会品尝空气中蒙上一层水汽的葡萄，会用雪做的杯子啜饮。然后人们会突然撞见月神狄安娜，像水里的牛奶，被一群影子领着。

比这片永远无法进入的树林更远，形成了一个相当宽阔的背斜谷；那天晚上，背斜谷里满是麦子，直到它的边缘。

此前几天，我曾注视着已经干枯的禾本植物，它们有时像羽毛，有时像干草小小的骨：流动的翎饰，草轻盈的骨架。但是这里，曾经完全是干涸的反面，曾属于那个像尼罗河一样上涨、膨胀、在环绕着树木的河岸之间生长的夜，而这些树，现在是紫色！

铜、金……然而我们没有来到一家银行的柜台，或者一家军火库的商店。与其去那些地方，刚才想着月亮的我，现在宁愿去叫出太阳的名字。突然我想起了收获季节，那时马儿汗流浃背，苍蝇满天，一整天不过是人们切的一大块面包，四点钟时一只白碗在核桃树下闪闪发光。整片田野鼓胀，变高；视野变模糊。情侣就地彼此扑倒。不再有其他桌子、其他床铺，除了被雾气覆盖的大地。桌布和床单带着同样的褶皱、同样的污渍。没有一匹马的鬃毛会被浸湿，没有一种力量是暴风雨般的钢铁斩得断的！

我走过多少路，就偏离过多少路；应该少回忆，少做梦。

一些遥远而深刻的事发生着：像一份睡梦中的工作。大地不是一幅由表面、人群、颜色组成的画；也不是一出戏剧——各种事物卷入其中，为表现与自己不同的另样人生。我捕捉到一个行为，一个像水流过的行为。或甚至更少：一个确实在那儿的东西；也许，是一个非行为谱系的行为，它不再像我们迷茫的冲动。

阴影、麦子、田野和地底下的东西。我寻找源自中心的道路，那里一切都平静下来，停歇下来。我相信这些触动我的东西离它更近。

一艘深色的船，装满小麦。让我上去，和束束小麦混杂在一起，让这小船带我顺黑暗之河而下！水面上移动的谷仓。

我一言不发地上船；所有的火都熄灭了，我不知道我们将滑向哪里。我不再需要这本书：水带着我。

随便漂吧。

然而，没有什么远离，没有什么远行。这是一个夜幕降临后仍然温暖、仍然发光的地带。人们想把手伸到田野上取暖。

(一种如此强烈的热，以至于它不再是红色，以至于它是雪的颜色。)

人们在平静中、炎热中。壁炉前。树木覆盖着烟灰。鸡冠鸟在睡觉。已经满是皱纹和斑点的手伸到火边。孩子们突然不说话了。

这正是将白天与黑夜拴在一起所需的金子般的东西，正是这阴影（或此处的这光），让事物相互支撑，保持一个无缝的整体。它是沉睡的大地的杰作，一盏我们经过之前不会熄灭的灯。

土耳其斑鸠

这是黎明的摇篮吗？至少，首先，是颜色，一个颜色的巢穴，像白昼诞生时汇集起来的颜色一样细腻而柔和，但又不一样；颜色，或者更确切说是色调浓淡，无缝渐变，土一般的云和乳汁般的云相混合，或者，说得更好些，是相亲相爱；在这青灰色项链下。昏昏欲睡的云，笼中沉睡的云，在农家房舍的尽头，烟中又有烟的结。

但眼睛已经分辩出了：这也是一个身体，微温、鲜活，有着乳白色大地的弧线，它是一个呼吸的喉咙、一种柔软、一种羽毛般的慵懒。它似乎在睡觉，一朵云沉睡于它的呼吸，一朵云，或者更混乱地说，云彩。

突然，出于某种从梦中惊醒的警觉，翅膀扇动，一瞬间，像飘动的旗帜或亚麻布一样张开。然后人们发现了情欲的飞行，这轻快的羽毛做成的床，这大胆的慵懒；或者它会是一艘船吗？在它直立的帆下，藏着某个女王，躺在其床单的沸腾中、泡沫的沸腾中。

但在一个夜晚雾蒙蒙的镜中，更晚时，也许在梦里，或者在醒与睡之间，我知道了，你也可能是谁的投射，人们惊奇于一个怎样的女人，如此懒散，声音嘶哑，皮肤如此白皙，苍白的唇间是几乎透明的牙齿，有一瞬间，她转过身来，却并不匆忙，目光朝向你，以至于那褐色的虹膜可以如此这般地将你灼烧；但既然它不是火，甚至没有关在琥珀色的灯笼里，既然它只是长久以来被火接近、掠过什么的颜色，既然它只是远方一束长长的火的反射，既然只是火的爱抚，也许还是想象中的，那她就一切安好，不论从她牛奶般的面色看，还是从这双棕色的虹膜看（已经冷静下来，或被一双疲倦的眼睑遮住），她满是颓丧。

土耳其斑鸠，名字取得这么好：脖子上戴着这条青灰色项链的宫女，这项链可能意味着："夜晚的仆人"。

黎明只不过，是仍然纯净的、准备着要燃烧的东西；黎明是那个说"再等一会儿，我会燃烧自己"的女人；某场火灾的萌芽。

但这场火灾，其实是火只能远远触碰到的东西，它与火分离，或因距离，或因时间，或因记忆，它是炽热和距离的混合物，是爱的记忆，在我们心中无尽流淌。

就这样站在布满皱纹的拳头上的那只鸟，只有我的身体片刻间像这个女人一样梦到了它，只有这只鸟发现了它们之间的这些联系、这些词语。

我相信，如果我眯缝着眼，如同人们想不被一幅画作的细节所困惑时会眯着眼看那样，直到只看到这只手上的一丝微光、一团闪烁的火焰，我会更接近我最初曾体验到的：困惑、勉强抓住的天神报喜的欢乐，或**时光**之门的缝隙。

再后来，我看到一只同种的鸟栖息在我的花园里，在它的墙上行走，不受猫的打扰，有时在被秋天染黄的无花果树上，发着光。比任何水果都美丽，像衰老的心叶中无声的思想一样自由。完全静止，在这个庇护所里，虽然没有任何牵绊，但它的声音似乎在吸引着什么，又在表达，在让这些日子的所有甜蜜都流淌。如果我完全闭上眼睛，这就只是一面被薄雾变得轻声了的瀑布……

这是完全纯粹的，不可言说。然而我看到了它，感觉到它，它不是来自思想，无论思想多么强大、多么致命，能做到让我与它分离，直至我到了这里。令人喜爱的鸟儿，你在你的国度旅行。你停在这里那里，或者飞上一小会儿，也许晚上你会离得更远，但无论你做什么，都好像什么都没有缺失，好像你是世界的台阶上上下起伏的声音，在大地和天空之间，永远不会在外面，永远在无限的地球上，自由，但是在里面，在那里，非常近，在银色树枝的树杈处，既不期待也不逃避任何事情，一个旅人，没有任何理由的快乐瞬间，让他躲开旅途劳顿，是为让他歇息、停留在哪里？在即将落下、为天空让路的树叶的光线里，在金黄十月的天气里，披着空气，突然再也听不到任何像走、离开、边界、异乡人这样的词。穿着他故乡光芒的受真福者。

隐形的鸟

每次我又站在这些覆盖着灌木和空气的狭长地带（覆盖着的灌木，就像许多空气用的梳子），站在这些远远地止于蓝色雾气、止于浪尖、止于泡沫的地方（好像大海的理念，颤抖着，用它半透明的手从最远处向我做着手势），我就感觉到，在一年中的这个时候，这些鸟叫的灌木，这些或多或少远离喧嚣的点，是隐形的、更高的、悬浮的。我不知道什么种类的鸟在那里唱歌，是否有几种，或者更可能只有一种：这不重要。关于这，我知道我想让人们听见一些东西（即使在今天，让人们听见也是诗歌的责任），而且我知道，这不经历痛苦就无法做到。

它是一个隐形的东西（在光天化日之下，却似乎不是仅仅只有光——那也许令人眼花缭乱的光，可以隐藏它），它是一个悬浮的东西（也就是说，同时是"悬"——停止，等待，为了不扰乱一种难得的平衡而屏住呼吸——和"浮"的——在原地轻轻浮沉，像一只随水上的风而动的航标）；它尤其是一个让一段距离可以感知、能标出范围的东西；而似乎这种距离，远非残酷，而是让人更兴奋、更充实。有时这距离同时在几个点产生，让人觉得像一张网，让人很享受陷进去，或者像细长的撑竿，每一根都在各自的点上将空气的帐篷（一丛轻山）提起一点儿；或一组喷泉，一个废墟的透明柱子，这废墟没有其他屋顶，除了无限的天空；有时像清晨家里的大房子里，一串窗户一个接一个打开，接连一串，间隔不等，这间隔顿时让寂静恢复，直至世界的深处……

然而，完全不是这样。意象隐藏了真实，干扰了视线，尤其是，有时，对于我们的这种或那种感官而言，对于梦境而言，意象更真切、更有吸引力。不，当我听到这我不知道该怎么说的声音的那一天,没有帐篷,没有喷泉,没有房屋,没有网。我明白这个,已经很久了(这个认知对我来说显然没有用):只需要说出这些事儿,只需要找到它们的位置,只需要让它们出现。但是,首先,哪个词会说出我听到的那种声音,我甚至没有立即听到,却在我走路时抓住了我的那种声音?它是"歌声",还是"噪音"?或是"叫喊"?"歌声"意味着一种旋律、一种意图、一种在此处恰恰察觉不到的意义;"叫喊"对于产生它的无边的平静来说太悲怆了(这种平静并非没有类同,在这里边,我突然想到占据着"炼狱"某层的那种平静,在炼狱里,碰巧能看到一些与空气中不经意出现的没头没尾的赞美诗片段足够相似的东西:"第一个飞过的声音……");"噪音"虽然太拟人化,但最确切;"声响",还是有点模糊。因此,我又被抛回这些意象:难道不就像那些触动我并对我说话的东西,比如不多的寥寥数语、悬浮在空间里的气泡、空气中沸腾的隐形小球体、一个发出声音的悬挂物、一个声音的巢穴(一个空气的巢穴,支撑、庇护着一些发声的蛋)——所做的那样?再一次,并非没在其中找到快乐,有时还得到好处的精神,又游移不定了。

那我本来想要说的是什么?那倾听的情绪(令人兴奋的、净化一切的、渗透到最深处的),它们在土地、树木、岩石和空气的宽广地带之上寻觅到我,光线中,隐形之鸟的声音,悬浮在这场域各个点上。这不是一种诗歌练习。我想懂得这种话语。懂了之后(或者甚至没有懂得它,这可能会更好),我会很乐意让这话语在别处闪耀,在更远处。我寻找着足够明澈的文字,以免遮蔽它。我从经验中知道(但即使不知道,也会准确地猜到),我现在已经触及了这种直接性,它也是最深的深度,触及到了这种脆弱,它是经久不衰的力量,触及到了这种美丽,它应该与真实无异。它无处不在,全天候分布,文字无法捕捉到它,要不然就偏离它,要不然就让它变了质。意象,有时会照亮它的一个面,却让其他的面处于黑暗中;而直截了当的、最简单的陈述,例如:"空间里充满隐形的鸟儿,它们在歌唱",人们梦想得到的东西,一根没有装饰、没有拐弯抹角的线条,以质朴的方式、近乎天真地绘制出的线条,今后,对我们来说,难道就无法做到了吗?似乎应该沉睡,好让词语独自降临,它们应该已经来了,甚至在将它们冥思苦想出来之前。

很可能只有我左右为难吧。

那再听(或者是否忘了更好?)。听,看,呼吸。那被称为"天使"的,当它仍然像高空的鸟猛扑向它的猎物时,像由于太想将音信迅速运载在胸膛里而点燃的箭时,那被称为"天使"的,也许,会在世界的空地上单翅飞行一会儿。一道闪电,在没有一丝云彩的情况下,令人惊奇、目眩。你不如转身离开。但你还是听到了。你觉察到那些地方、那些间隙。过去你已经预感到了这种关系、这张脸。大白天有星斗,在我们的听觉中!有水涌出,在这儿、那儿,那儿!有一些饰有羽毛的小工在测量土地,一动不动。宏大之物,不过是能发声的测量仪器、隐形的音叉、天国土地登记簿中的里拉琴……

除了一切都卑微得多、近得多和保守得多。这就是我们的生活,和它的颠沛流离:没什么长处,没什么热烈,到处都是威胁。一颗不怎么慷慨的心,一种不确定而谨慎的精神状态,除了消极、节制的美德,什么都没有;至于世界:一张被割破的脸。眼睛中是铁,骨头被蛀蚀。这世纪人们无法再直视。除却听到了那些我已不再期待的声音,如此这般,同时与树木和天空相连,如此这般置于我和世界之间,置于一天的内部,这些声音碰巧可能是存在之喜悦最自然的一种表达(就像我们看到为节日而点燃的火,从一座山到另一座山),并且,这些声音将这种喜悦变得炽热,让关于器官、一身翎羽、滞重身体的一切都被忘记了（仿佛融入了这炽热中），只有在听到这句话之后，我的注意力才再次被吸引，惊讶地，优雅地，朝向那更纯净、净化着我的注意力的，更明亮、照亮我的注意力的东西。

天空。完美之镜。在这面镜中，最深处，我好像看到一扇门打开。镜子很明亮，门愈加明亮。

没有钟楼。但在所有场域，永恒的时刻在充满雾气的笼子里敲响。

至高无上的和谐，关于无限的正义。好像每个人都得到了他那一份，那看上去似乎无限的光线，随空气的方便而分配。

选自《记事本笔记（播种期）之二》

从空无开始。那里有我的律法。剩下的所有：遥远的烟。

*

美：像种子一样遗失，交给风，交给暴雨，不声不响，经常遗失，总是被毁坏；但它坚持开花，随意地，这儿，那儿，被影子滋养，被阴森森的大地滋养，被深度接纳。轻盈，脆弱，几乎看不见，看起来没有力量，暴露，被遗弃，被处决，顺从——它与沉重、静止之物相连接；山的斜坡上开了一朵花。这就是美了。逆着喧嚣，逆着愚蠢坚持，在血腥与诅咒中，在无法承担、无法过下去的生活中执拗；就这样，思想不顾一切地传播，且必然微不足道，没有回报，无法自证。因此，因此有必要去追寻、传播，用词语冒险，准确赋予词语它们想要的重量，永不停止直到最后——反抗，一直反抗自身和世界，直到能够超越对立，切切实实地穿越这些词——这些越过界限、墙，穿过，跨过，敞开，最终有时在芬芳中胜利，在色彩中胜利（一瞬间，仅仅是一瞬间）的词。至少我拼命抓住这一点，说着这几乎空无的，或者只是说我要将这说出，这仍是一个积极的举动，比静止或退缩、拒绝、否认的举动要好。火、公鸡、黎明：圣彼得。我记起那个。夜晚快过去了，屋里的火还在燃烧，外面天亮了，公鸡在歌唱，甚至像火挣脱黑夜时的歌声。"而他将伤心哭泣。"火与泪，黎明与泪。

我会对他说一百遍：我所剩无几；但这就像一扇很小的门，你必须穿过，没有证据表明，在门的另一边，空间没有人们曾梦寐以求的那么大。这只是通过门的问题，并且门不一定会关上。

*

为"不可能"修建的纪念碑。最好的自己枉付给了永远得不到的东西。

桃花付给了火蜂。

走了更多弯路：但像一记鞭打般射回了靶子。目光、话语像一记鞭打。

夜晚的木炭，在夜晚的黑树枝上，这绽放，这粉红色的优雅，和一小会儿之后，白昼里嗡嗡作响的蜜蜂。

让他承认是谁，在这徽章中，想要这世界所能拥有的最美的事物吧（黑夜的尽头，当失眠将这男人唤醒时，他所发现的那些事物），之后，像一只翅膀一样，让他飞升到他自身之上的事物。

*

这沉重的头骨抵着肩膀，头骨上装扮着肉，作为面具。头颅，骨架，戴着面具，被庸俗地装饰着。头骨的重量。巴洛克理念。头骨不会长久地戴着面具。但为什么头骨比面具更真实？除了因为它持续的时间长一点。这种持续的方式毫无意义。"美丽的面具"：这不是凯普莱特舞会上，朱丽叶对罗密欧说的？或者罗密欧对朱丽叶说的吗？

梦中，在葬礼队伍前，我说："向她的遗体致敬，她曾是最优雅的女士……"是同样的风格。

*

这些最后的粉红色花瓣，美妙羞怯的颜色，秘密之火的颜色，这些大地的告白。而花园没有火也被烧光，它变黄，变成棕色，枯萎。茎秆折断。隐藏的土壤将重现。不是树上、葡萄藤上的金色，而是一种非常浅的火焰颜色——它还给人一种安静的感觉，而不是热烈。黄色……最初与草和其他植物混淆的东西，开始"脱颖而出"，变化，显露，就这样更快地走向其尽头。展示自己，显示它的脆弱性，变得很瘦，承认衰退、褴褛、撕裂、污渍。抓住本质是多么困难！我们总是倾向于走得太远或不够远，要么太模糊，要么太精确。应该敏锐而准确地把握事物，如同一枪中的。就在这些黄色的藤蔓里就有猎人——枪口冒出烟，鸟儿突如其来飞起，狗吠——对薄雾是一种威胁，而薄雾，是晴朗空气中一个寒冷的核。当树叶变得稀疏，鸟儿们受到了威胁。秋天有羽毛、兽毛（狐狸，狗）的颜色。秋天看起来不太像植物，树木装扮起来了，穿上了外套。致命的节日，某种意义上的不祥。树木就像公鸡——在变冷的空气中，在变得暗淡的阳光中。它们也像十月的太阳，当它进入地平线的雾气时呈淡黄色，然后是深红色。雉鸡的颜色。这些大鸟舍、这些家禽场上方的云朵喜欢呈粉红色。心领略到这森林变轻、变得镂空的日子，在这些日子里，空气的温柔在一个寒冷的核周围持续。黎明时分，心突然看到雾中有一丛树，像废棉窝里的宝石，像一株有叶子的向日葵，在云中。像内衣里的一颗首饰。

*

我将在这条船上过夜。船头或船尾都没有灯。只有珍珠质的水流中几颗星星，以及河水昏昏沉沉地流着。我将在一个可疑的海岸靠岸，起得最早的、惊恐的鸟儿们罕见的叫声，是它的航标。

世上被剥夺的灵魂，为什么不期待同样的入口？或许还有种种陌生的叫喊，一种没有什么能阻止的目光（它也无法耗尽任何事物）——一种超越所有认知、所有想象、所有欲望的东西？

*

以如此正义之名,以疾鸟之名到来的冬天,
比其他任何季节更径直而来的
晴朗而被剥夺的季节
弓一样弯曲的季节
鸟儿们彼此靠近的时光
空中高高的网
珍珠母与大地
玻璃和稻草

*

所有可见者,就像苦于不被看见的隐形者的哭泣或叹息,像一种疯狂的(或快乐的)衰竭之上,或周围的种种火花。那是什么正在这些折磨中如此缓慢地诞生?有什么中心的和深处的,在发生着,我们只看到它各种各样的流溢、它向无限的投射,而这些鸟、这些汗水、这些石头,源于怎样的共同的种子,而不停地向外萌生?有时,我们感觉一些突如其来的开口在我们面前挖出,其方向指向一个中心,这些开口就像闪电所造,然后如果我们身上有什么东西回响和低沉地嗥叫,如同一种充满希望的撼动,那么已经是新的一天,新的一个夜晚,一切也都可能圆满结束,在什么事情都没有发生之前……到处都能看到迹象,但察觉它们的眼睛已经接近闭上,这些迹象仍然分散,断断续续,像天亮前的鸟叫。被风或一阵气流扬起的尘埃重新落在桌子上;夜晚布满灿烂的尘埃。为什么这个核心打开了?它使之裂开的力量,又出自怎样一个另外的核心?我们这些零落又被贬损的物种,属于怎样的宝藏?

那深渊,那有时这样重启的深渊,将我们引向何方?在一年中越来越强的光里,在渐暖的白昼里,这冰冻的影子是什么?

表象，犹如声声召唤。折磨，是磨炼人，还是让人窒息的一种拧巴？

*

泰西埃的小村庄，朝着纯净清水中的莱斯河的源头。在现在很暗的、陡峭的兰斯山东面，松树与其他树木混在一起，像深粉红色的扇子。山谷底部，一条小溪在冰层下流着。大地潮湿，沉重，寒冷。小路边缘长着桑树和黄杨。小村庄，在白雪皑皑、瑟瑟发抖的阴影中，像一个被遗忘的猪舍，仅有老人居住。我们看到窗户后面，煤烟的底色上，他们愚蠢或惊慌的脸。

*

煤块中间，潮湿的地窖里，压碎了一只蝎子。很多人曾被这样对待，正被这样对待。那黑色的、苍白的、潮湿的。

活埋的贞女；普鲁塔克① 的描述，关于她们坐的轿子。

*

一泓合上的目光
好像山谷里水少了
水会在哪儿重新出现？

*

人们听到呻吟声：就像有人背负了太重的快乐或苦痛。耕作。就像一个人被黑夜的暴力附身。你已经被翻转过来，你现在再次被翻转，却是通过一种相反的力量，如同虚空与充实相对，冰与火相对。

---

① 普鲁塔克（Plutarque，46—125），罗马帝国时期的希腊作家、哲学家和历史学家，著有《希腊罗马名人传》。

谁这样虐待你？你曾是一团芬芳的火，现在你被打碎，你颤抖着，人们要把你和垃圾一起扔掉，要把你藏在土里。你的美丽曾使心灵迷失；你结局的恐怖，心灵甚至无法远远地，于想象中承受。

*

在一张威尼斯寄来的明信片上，有丁托列托画作《阿里亚娜和巴克斯》的奇妙细节。很可能是阿里亚娜的头，斜着，侧影，在一片从金粉色到蓝绿色过渡的黄昏天空之上。她的头发是波浪和火焰的组合，一只手举在上面，还没有放下来，一顶装饰着星星的轻薄花冠，真的就像在闪闪发光。

*

不可能的事：各种事件，应该是每天从报纸上读到或看到的那些，确切说是无法忍受的事。所以似乎不可能继续，但继续了。怎么回事？

因为在直面那些无法忍受的事的可能性中，揉进了诗性。"直面"是言过其实了。

今天让我表达困难的原因是我不想不诚实——在我看来，大多数人都或多或少不诚实地对待自身的体验；要不然把它放在一边，要不然回避它。

从那时起，某些诗歌一直避免、害怕的词，应该进入诗歌中，但并不是走向自然主义，那个，在某种程度上也是另一种谎言。贝克特和圣-琼·佩斯之间有一个区域，他们是两个极端，且两者都是成体系的。

但这永远处于不可能的边缘。

*

正确的表达，是的，是它是否清晰，是它是否开辟出道路。

孩子的声音：整个儿在一个响亮亲切的音区上，让人想起家畜脖子上的铃铛、牛铃铛等词；在这些词后面，是草的清新，高山牧场的清新，人们尤其会在蓝色的傍晚时分，在这些地方听到这些词。

*

果园里的苹果树。这紫红，这蜡黄，领会着这些苹果树的意思。苹果树之间是低低矮矮、果实累累、隔得很近、彼此相连的树。下面是树荫和草。秋天。溪流，胡桃树枝将它们的最末梢都浸进去了，或者几乎浸进去了。

谈论余烬、球形的火炭，像我在《空气》那首诗中那样，只是大略的谈论，还不够，部分是错误的。"紫色"这个词说出了一些刚刚好的事物，不是所有。有果肉的饱满度、硬度；但不需要在显微镜下观察这一切。简而言之，要"路过时"且"从远处"、以"即时而深刻"的方式把握它。实际上，我并不那么关心"树的特有品质"，像弗朗西斯·蓬热，就以华丽的风格专注于此。你可以在眨眼间看到元素的组合，但完全不抽象，也不笼统，因为其他要素将产生类似效果，但又不一样。有火的概念，像在树叶之巢中沉睡的火；有球、饱满度、球体的概念，有总体上的水果的概念；但是，苹果树所特有的农民的质朴，也许有些粗鲁，比和谐更毛茸茸的东西，在任何情况下都是不规则和粗糙、简单、普通的。与这里的其他果树可能唤起的异国情调或奢华相反，也没有像无花果树那样与《圣经》有关。这是欧洲乡村，所以也是童年、父母、家。某些中心的事物。"家中"的树。女仆。农场女佣。就应该像这样将近与远、瞬间与永恒、特殊与普通联系起来——联系在一个充满新鲜感的唯一的瞬间，似乎是不经意地，而不是一门心思、坚持不懈、苦干蛮干等。所有的探究都应该消失。路过时，心忧其他时，也许在绝望中，心接受到了这个示意，这份馈赠。

*

为何每天清晨，人们可能都喝了这白昼的水？

*

现在无论我写什么，我的身后都是这痛苦之影，它使我写的所有诗歌在我看来都显得过于流畅，甚至，几乎是所有句子。因为没有一个词是痛苦，相反，这些词让人感觉冷漠松懈、未被触动。

一束受伤的光，就像我在科隆的伦勃朗画像前想象的那样，难道不是基督吗？人们没法再相信一个未被触动的神，这已经不够了。但是一个人们只看到其伤口的神呢？因此，要让我说的话，我发现自己介于年轻的希腊诸神和被钉死在十字架的神之间，介于青年之神和人类感觉到衰老和疾病时该到来的诸神之间。我的变化比我想象的要少得多，我又在老夫人G的床边点着蜡烛，在带百叶窗的大卧室里。我只是一直重复说着同样的话；至少，它要是能越来越真就好了。

*

这里的风景中，所有将我们与非常古老和本原的事物相连接的东西，看吧，从中就产生了伟大，相比较，其他那些东西中，就没有这些画面（有时是简单的幻象，但是是有含义的），或较少有。特别是磨损的石头，上面有斑斑点点的地衣，接近兽毛或植物、树皮；森林里，墙大部分变得没用；井；长满常春藤的废弃房屋。在史上人类离本原比以往任何时候都更远的这个时刻，人类的纪念碑与岩石、土壤难以区分的这些风景，给我们带来了深刻震撼，这些风景承载着一种向过去回归的梦想，在这个梦里，许多人对被描绘出来的奇怪未来很敏感，很恐惧。我们重新认识到，阿利斯康墓地和圣雷斯蒂蒂市镇那让人想起古罗马广场遗址的废弃采石场之间，没有太大区别。通过这些井，和也许是罗马人挖的地下管道（但也晚得多，这无关紧要），我们感觉与异教性质的神秘有了关联。这只是一个游戏吗？还是一场逃亡？在我们看来，到处仍是散落的石碑、寺庙的痕迹。这意味着什么？对我们有什么好处？抑或教训？我们相遇，我们经常经过一些"地方"，然而别处就没有了。什么是一个"地方"？与整体相关的一个中心。不是一个零散、迷失、空幻的场所。在这个点上，人们曾竖起祭坛、石头。这在仙女谷中是显而易见的。在这些现场，人群之间，处于高位者和底层之间有交流；因为它是一个中心，人们不觉得需要离开，那里充满了一种歇息、一种冥想。我们的教堂，可能是这道被已拆除的围墙围起来的地方，那里，橡树静静地生长，有时一只兔子或鹧鸪穿过。我们犹豫要不要进入他者，因为在神和我们之间设置了一套智性的模式。自然，这不是一条出路，无论对于什么。

在我们看来，在一个仅仅由这样的地方编织成的世界里，我们仍然可以接受冒险并屈服。这些地方可以帮助我们；越来越多的人寻找着它们，甚至往往不知道为什么，这不无道理。他们因此对自然空间不再陌生。只有在那里，他们才重新开始呼吸，开始相信一种可能的生活。某种程度上，我们受益于他们的馈赠，让我们的存在比其他许多人少了些虚假。但这包含了一种奇怪的远离，对于当下的所有困扰，不止是危险。尽管如此，让我们承认我们有这特权。

纯真与文化：最好的文化总是反映着最原初的纯真，而不是相反。我们喜欢的作品也与一些"地方"有关联，即使是另一种秩序，等等。这是唯一的文化：保存和传播纯真、天真的文化。其余的就应该叫别的名字了。

在我们的沉默中孕育着美好；在我们的孤立中，打破孤立的力量变得成熟。

*

长长的夜,更热了,粉红色或橙色的月亮,蓝色的世界,悬空,充满温柔。

充满恐怖。

*

真的满是温柔,如同满是仁慈。这些满月的夜晚,月亮与其说是粉红或橙色,不如说是黄色,这样的夜里,因为一阵微风,树木像在呼吸,像一种芳香植物;这些夜,用大量的温暖和平静,解开心结。缓慢的上升,难以察觉,源自这小麦色的球体;树叶的呼吸;蟋蟀和猫头鹰,夜莺,是唯一持续的噪音。在我们被粗暴对待之前,让我们在这乳状的水中沐浴,仅仅片刻。让我们在这空中的摇篮里沉睡或交谈。

*

傍晚摘一串葡萄,忽然,球状体,月亮的种子;我将那束葡萄握在手里。

*

日常生活:生火(第一下没点燃,因为木头潮湿,本该堆在外面,这又费时间),想着孩子的作业,想着某个逾期的账单,想着要去看诊的一个病人,等等。诗歌如何融入这一切?它或者是一种装饰品,或者该是这每一个动作或行为的内在:过去西蒙娜·薇依就是这样理解宗教,现在米歇尔·德吉[①]这样理解诗歌,我也曾想要这么理解诗歌。仍然存在技巧的危险,即"一门心思"、用力过度的神圣化。或许人们会由此沦落到一个更谦卑、更折衷的位置:有时诗歌照亮生活,像一场飘雪,如果我们目不转睛望着它,那已经很不错了。也

[①] 米歇尔·德吉(Michel Deguy, 1930—2022),法国诗人和翻译家。

许，甚至应该同意让诗歌具有这种对它来说很自然的"例外"的特征。在两者之间，凑凑合合做你能做的。否则，就有可能出现宗派主义的严肃，穿着诗人的棕色粗呢衣服，操着"演说"的口吻自我孤立（在里尔克看来，这有时怪尴尬的）的愿望。至少对我来说，应该接受更多弱点。

*

看望亡者。在死去女人的床底下，有一条狗；在她的床边，是三位走形的老妇人。她们中的一人站起来几次，用圣水洒那张蜡黄的脸。进这间屋必须穿过的房间里，一些浅色的花内衣，挂在一张散乱的床上。

*

《福音书》。它开始时像个神奇的故事，其中有那些东方的国王、占星家，他们走在沙漠中，带着黄金和就像为妓女准备的香水；有那些天使，它们进入贫穷的房子，或在天空的各个角落歌唱；有夜晚、那谷仓的气味，和有时看起来正好像晶亮麦秸的星星。主人的恐惧和威胁，一些怀着希望的老人的颤抖，以及围绕着一个"孩子"（希腊人生下这个孩子而一无所知）的所有这些麻烦。

在荷尔德林"充满幻象的沙漠"中，有一个穿破布、以蝈蝈儿为食的乞行者，长于占卜。

关于基督的第一句话，我相信是在圣路加那儿，他用一种粗暴来回应对此一无所知的父母："你们为什么找我？难道你们不知道我必须处理我圣父的事务吗？"

然后又是沙漠、天使和野兽，以及"愿望"：仅仅成为又一个魔术师，或者一个尘世之王。

*

里尔克痛苦时，他的"天使"很可能并不在他身边。看起来基督可能在,既然基督给死亡赋予了一种他所要求的意义。只是似乎,对于生和对于死,我们所期待的,并非同样的天使。

三
1971—1983

选自《课程》

让他站在房间的角落里。让他去丈量,就像他以往丈量铅,丈量线,那些我质疑着收集起来的铅和线,这曾让我想到他的结局。如果我的手颤抖,让他的灵巧把住它,让它不要飘忽,不要偏离。

以前，
我害怕、无知、勉强活着，
用一些画面遮住自己眼睛，
假装带领着死者和垂死者。

我，被庇护，
被赦免，勉强受着苦的诗人，
将把道路开辟至那里！

现在，风吹着灯，
手更加闪烁不定，它在颤抖，
我在空气中缓慢地重新开始。

在缓慢的云
和清凉下面
远处被山脉孵化的
葡萄和无花果:
也许,也许……

这个时刻到了,这长者躺下
几乎再没力气。人们看到
一天又一天
他的脚步越来越迟疑。

不再像水浸进草里
一样走过:
这不可逆转。

当导师
如此快地消失在远方,
我寻找着可能跟随他的:

不是水果做成的灯笼,
不是冒险的鸟,
也不是最纯粹的图景;

毋宁说是被改变的内衣和水,
老去的手,
毋宁说是忍受着的心。

我仅仅想远离
将我们和明亮隔开的,
只将位置留给
被无视的仁慈。

我倾听着与日子和解的
老人们,
我在他们的脚边儿学习耐心:

他们没有比我更糟的学生。

如果不是第一下撞击,就是
第一阵痛:让导师,让这颗种子
都如此被摧毁吧,
让这好导师如此被笞挞,
让他在重新变得太大的床上
显得像个弱小的孩子,
泪水救不了的孩子
当他翻身时,走投无路时,
被钉住时,被掏空时,没人救的孩子。

他几乎不再有重量。

承载着我们的土地在颤抖。

一种惊愕
开始出现在他的眼中:允许这事
发生吧。也有一种悲伤,
宽广得如同那降临在他身上的事物,
折断他生命的栅栏,
绿色的,满是小鸟的栅栏。

他,一直爱着他的农田、他的墙,
他,留着房舍的钥匙。

在最远的星星和我们之间，
距离，不可想象，仍然像
一条线，一种连接，像一条路。
如果这是一个一切距离之外的地方，
应该就是在那里他丢失了自己：
不比所有的星星更远，也不更近，
但几乎已经是在另一个空间，
在外面，被卷到可测量处之外，
我们的米尺，从他到我们，不再起作用：
同样，如同一块薄片，从膝盖割断了他。

(丈量吧,勤勉的大脑,是的,丈量
那将我们从仍然未知的星球隔开的,
开辟道路吧,又醉又瞎的人,穿过这些线,
然后看看打破你们手中规则的东西。
在这里,想象这唯一不可穿越的空间。)

哑了。词语间的连接也开始被
拆解。他从词语中出来。
临界线。有一会儿
我们又看见了他。
他几乎再也听不见。
我们要呼唤这个陌生人吗？如果他忘记了
我们的语言，如果他不再停下来听。
他有别处的事。
他和任何事都无关了。
即使转向我们，
我们也像只看得到他的背。

背拱着
为了从什么下面经过？

"谁将帮我?没有什么能来这里。
愿意牵我手的人不愿牵我颤抖的手,
愿意在我眼前放一块幕布的人不愿照料我去看,
像一件大衣一样日夜在我身旁的人
对这火,对这冷无能为力。
从这儿,我至少断定它是一堵
没有一样机械、一个喇叭能撼动的墙。
以后,没有什么等着我,除了最长的、最坏的。"

他就是这样在夜的狭窄中沉默了吗?

现在这就在我们上面
如同悬垂的山。

他在结成冰的影子里,
只剩下让人敬仰和呕吐。

我们几乎不敢看。

一些东西为了破坏而深陷。
当另一个世界
把它的角插进一具身体
多么可悲!

不要期待
我把光嫁给这铁。

在寒冷的一天,
前额抵着山墙,
我们满怀恐惧和恻隐。

在鸟儿林立的一天。

人们可以将这命名为恐怖、垃圾，
甚至把这些在贫民窟的内衣中
辨认出的垃圾词宣称为：
诗人沉湎于某个滑稽动作，
这不会进入他写出的篇章。

不能说也不能看的垃圾：
却可以大口吞吃。

同时，
像来自土壤一样单纯。

会不会
最厚的夜也包裹不住它？

无限性既将事物连接，又将它们撕碎。

人们闻到一股老神灵的霉味。

灾难
如同我们身上一座塌陷的山。

要制造同样的裂缝，
不可能仅仅是一个消散的梦。

人，如果只是空气中的一个结，
要解开他，是否需要如此锋利的铁？

所有人，塞满泪水，前额抵着这堵墙，
而不是抵着他的不坚定，
教会我们的难道不是
我们生活的现实？

被鞭子教化。

一股简单的气息,空气中一个轻轻的结,
从时代疯狂之草中逃脱的一粒种子,
什么也没有,除了一个嗓音穿过影子和光
歌唱着飞走,

它们消失了吗:没有任何伤口的痕迹。
那声音被杀死,不如说,有一刻,
这地方平静下来,白天更加纯粹。
我们是谁,让血中有这铁?

人们把它撕碎,把它拔起,
我们将彼此紧靠的房间被撕碎,
我们的心弦叫喊着。

如果被撕碎的是"时代的面纱",
被打破的是"身体的牢笼",
如果这是"另一次诞生"?

那人们会穿过伤口的针眼儿,
会鲜活地进入到永恒……

女接生员如此平静、如此严肃,
你们是否听到了
一个新生命的啼哭?

我,我只看到失去了光芒的蜂蜡,
而不是干燥嘴唇之间
任何鸟都飞不起来的地方。

不再有任何微风。

如同当早晨的风
有办法吹灭
最后一支蜡烛。

我们身上有了一阵如此深的沉默
以至于路上
一颗彗星朝着我们女儿之女儿们的夜而去
让我们听见了。

这已经不再是他。
气息被连根拔起：再难辨认。

尸体。一颗流星离我们没那么远了。

把这带走吧。

　个男人——这轻飘飘的偶然，
雷电下比玻璃和薄纱般的昆虫更加脆弱，
爱抱怨、爱笑的仁慈的岩石，
这随着工作和回忆，愈发沉重的容器，
拔走他的气息吧：腐烂。

谁会复仇？用这口痰。因为什么？

啊，让人擦擦这地方吧。

我重新抬起眼睛。

窗子后面,
白昼深处,
仍然闪过各种画面。

穿梭车或者生命的天使,
修复着空间。

玩具堆中的孩子，选择把一条泥船
放在亡者旁边：
尼罗河会一直流到这颗心吗？

以前我曾长时间注视
这些如同月亮之角的坟墓之船。
今天，我不再相信灵魂对它有用，
任何香膏也没用，任何地狱的地图也没用。

而如果一个孩子温柔的创造力
从我们的世界出去，
加入到那什么也不会加入的世界呢？

或者那创造力安慰的是在此岸的我们吗？

如果有可能（谁又知道呢?）
今天还有一个物种,
甚至具有跟今天似乎很接近的意识,
那么他会站在这里吗?
在这围墙里,而不是草原上?
他会不会在这里等待,
像等一个"石子旁"的约会?
会不会用到我们无声的脚步、我们的眼泪?
怎么能知道? 某一天,或者另一天,人们看到
石子插进永恒的草中,
迟早,不再有客人可以被邀请去
那最终也被隐藏的地标,
甚至不再有影子,在乌有的影子中。

假期说,其实我,只有唯一一个愿望了:
背靠这堵墙
只注视白昼,而不是其反面,
更好地帮山泉
在草中凿出摇篮,
在无花果树低低的枝条下面,
穿过八月的夜晚,
带来充满滚烫叹息的小船。

而我现在整个儿在天国的瀑布里,
被空中的种缨包裹,
在这里,和最亮的叶片平等,
勉强悬吊得比喷嘴低,
看着,
听着
(蝴蝶都是失落的火焰,
山都是烟),
某一刻,拥抱着我周围天空
完整的圆,我相信了蕴含其中的死亡。

我几乎什么也看不到了,除了光线,
远处的鸟叫是光线的结,

山呢?

日子脚下
轻轻的灰。

然而你,

或者完全消失
留给我们比一晚的炉火
更少的灰,

或者隐身在无形里,

或成为种子,撒在我们心房

不论怎样,

你将一直是满怀耐心和笑容的楷模,
就像阳光照着我们的背,而且
照亮桌子、书页和葡萄。

选自《低处的歌》

我看见她很灵巧,装饰着花边
像一支西班牙蜡烛。
她已经像她自己熄灭的,蜡烛。

她在我看来突然很坚硬!

像石子一样坚硬,
石子的一角插进日子,
一把斧子劈开空气的边材。
而这些瞎鸟
仍穿过花园,仍不顾一切
在光线中歌唱!

她已经像她自己的石子
上面有着虔诚而徒劳的花,零零落落
没有名字:噢,不被喜欢的石子
深深沉进心的边材。

说

1

说很容易,而划书页上的词,
用通用的规则,几乎不用冒险:
花边女工的工作,闭塞,
平静(人们还可以向
一支蜡烛索要更温和、更骗人的明亮),
所有的词都用同样的墨水写成,
比如"花"和"怕"几乎是一样的,
我将从高声到低声,白白重复书页上的
"血",书页不会因此被弄脏,
我也不会受伤。

人们也会在恐怖中做这个游戏,
玩着玩着,人们不再知道自己想要
做什么,不会再到外面去冒险
和更好利用他们的手。

这,
就是当人们不再能逃避痛苦时,
痛苦就像某个人走近
撕破包裹它的薄雾,
一个接一个推倒障碍,穿过
越来越短的距离——突然这么近

人们只看到自己的鼻尖
比天空还大。

那么说话就像谎言,或更坏:是对痛苦
懦弱的无视,对我们仅存的
一丁点儿时间和力量的浪费。

2

有一天每人都看见了(虽然今天
人们试着向我们隐藏,直到看到火)
纸张在火苗旁变成了什么,
它怎样匆匆忙忙,往后撤,怎样变硬,
散成丝缕……这有时也会在我们身上发生,
这个痉挛着撤回的动作,总是太晚,
然而几天中又重新开始,
总是更弱、更惊恐、更颤颤巍巍,
在比火糟得多的事物面前。

因为火仍有种灿烂,即使它是毁灭性的,
它火红,听任自己被比作老虎
或玫瑰,比作人们能佯装的严厉,
人们可以自以为他们渴望它
像渴望一种语言或一个身体;
或者说,它一直以来
就是诗歌素材,它可以拥抱书页
而且因一丛突然更高更炽烈的火苗
而照亮房间,直至床或花园
却不会烧到你——相反,人们像
在它更热情的包围中,它好像
还你以微风,人们好像
重新成了
前途无量的年轻人……

这是另一回事,而且更坏,那让一个生物

157

蜷缩在自己身上,退到
房间最深处,寻求帮助的,
无论是谁,无论怎样:
是那没有形体、没有面孔、没有任何名字的,
是那无法在幸福的图景中
驯化,也不会降服于词语之权威的,
是那撕碎书页
如撕碎皮肤的,
是那除了牲畜的语言,阻挡人们用其他语言说话的。

3

可是有时候,说话是另一回事,
与覆盖着空气之盾或干草之盾相比……
有时像在四月,在最初的微温中,
当每棵树变成泉水,当夜,
如同洞穴,淌着声音
(要相信比起睡觉,在新鲜叶丛的黑暗中
有更好的事要做),
这东西像一种幸福从你身上升起
如同它该有的样子,有必要消耗掉
多余的活力,还要慷慨地还给空气
于黎明脆弱之杯中饮得的醉。

那么说话,这从前被称为歌唱
现在人们几乎不再敢这么说的,
是谎言?是错觉?然而,通过睁开的眼
这话语喂养着自己,如同
树用其叶子喂养树自己。
　　　　　　人们看见的所有
人们从童年起将看到的所有,
冲向我们的深处,被搅烂,也许变形了
或者很快被遗忘("雨中,
从小学到公墓,小男孩的队列;
一个很老的黑衣夫人,坐在
高高的窗前,她从那儿监视着
鞍具商的小摊;花园中有条叫皮拉姆的黄狗
那儿,一堵树墙

反射出步枪节的回声：
多年的碎片、碎屑")

这在话语中重新升起的一切，变轻了
这么多，优雅了这么多，以至于人们
想象自己接下来涉过了死亡之河……

4

是否会有些事物更愿意居住在
词语中,而且和词语和谐相处
——人们带着幸福在诗中重新找到的
这些幸福时刻,一束仿佛在擦去词语时
穿过词语的光——和对着词语
直立、让词语变质、破坏词语的其他事物:

仿佛词语不接受死亡,
或者更确切说,死亡让词语
也腐烂了?

5

够了!噢够了。
那么毁掉这只只会划出烟的手,
然后睁大你的眼睛看:

就这样走远,这条载着你的骨头做的小船,
就这样它插进去(最深刻的思想
也治愈不了它的关节),
就这样它被苦涩的水充满。

噢,缺乏大束的光线,
又无望,他能
替所有人类的老船在这死亡的周边地带,
获得对苦痛的赦免、更温柔的微风、
孩子般的睡眠吗?

6

我本想不要意象地说话,只是
推开门……
　　　　　　　对这,我有太多
害怕,太多不确定,有时太多怜悯:
人们不可能像明亮天空中的鸟般
活太久,
　　　　重新掉到地上,
人们在自己身上再也无法确切看到什么,除了一些意象
或一些梦。

7

那么说话是困难的,如果是寻找……寻找什么?
对足够低地降临在我们身上,又躲避的,
唯一的一些瞬间、唯一的一些事物的忠诚,
如果是为一只抓不住的猎物编织一个模糊的隐藏处……

如果是戴一个比脸更真切的面具
为和其他人一起,庆祝一个
丢失了很久的节日,这些人死了,在远方或仍然
沉睡,这嘈杂声勉强将他们从睡眠中
唤起,那这些最初的踉跄脚步,这些胆怯的火
——我们的话语:
只要不知名的手指轻触,鼓就会发出
沙沙声……

8

最后像撕碎破布一样撕碎这些影子,
穿着破烂衣服、假装乞丐、穿裹尸布的跑步者:
远远地笨拙仿效死亡是可耻的,
当死亡发生时害怕足矣。现在,
穿着阳光做的皮草,像一个
猎人对着风一样出去,像一股
清凉的水般穿过去,然后加速你的生活。

如果你没那么害怕了,
你将不再给你的脚步蒙上阴影。

（我很愿拔去舌头，有时，它是爱教训人的夸夸其谈者。但从巫师挥舞的镜中看你吧：金子的嘴，是长久以来对你神奇的浊辅音如此自信的源头，你已经仅仅是垂涎的污水。）

选自《在冬日光线里》

一

花，鸟，水果，是真的，我邀请了它们，
我看到它们现身，我说：
"那有力者同样是脆弱"，
很容易说！而且事物一旦
变成了词语，玩弄它们的重量很容易！
人们用轻的种子、微风、汗水建造
以利亚的二轮马车，人们装作
像鸟和神一样穿戴着空气……

脆弱的手势，薄雾或者火花的房间，
青春……
     然后门吱嘎作响着
一扇接一扇关了。

可是我再次说了，
不是血液奔涌所致，也不是插上了翅膀。
我在一切欣喜之外，
被所有魔术师和神灵出卖，
很久以来被美女躲避
即使在透明的河岸边
甚至在黎明，
     但我强迫自己去说，比

用力把自己名字刻在学校课桌上的
孩子更固执,

我仍坚持,尽管我不再了解这些词,
尽管这并不因此就是正确的道路
——像爱的奔涌一样笔直
朝向靶心,朝向夜晚被点燃的玫瑰,
然而我,我有一根黑暗的手杖
它,从没划过任何路,却毁坏了
路边最后一棵草,这草
也许在某天被光播下,为了
一个更勇敢的行者……

"是的,是的,是真的,我在劳作中看到了死亡
然后,不去寻找就在我身边、我身上的死亡,以及
时间,我赞扬了我的双眼,
颁奖给它!有关痛苦,人们本有太长的话要说。
但有一些东西没有被剪刀剪开
或者剪开后又关上了,如同船后的水。"

"再次击毙我吧,用毁灭了神
和仙女的这些时间之石,
让我知道是什么抵抗着他们经过的路途
和他们的败落。"

如果这是事物之间的一些东西,比如
花园中,椴树和月桂树之间的空间,
比如当人们涉过一生,不再能思想,
他们眼睛和嘴上的冷空气,
如果这是,嗯,这探向尘世之外的
单纯脚步……
　　　　巧妙的思想,但是什么样的思想,
如果身体的布料被撕开,能重新缝合它?

一个老去的男人是生命里
满满横陈着铁一般僵硬画面的男人,
不要再期待他用这些喉咙里的钉子唱歌。
以前光喂养了他的嘴,
现在他理性而自制。

然而,人们可以理性思考痛苦、欢乐,
看起来,几乎自在地,论证
人的虚空。人们可以
像我如今在这间还没被毁坏的房间
说话那样去说话,用这还没有被
死亡之线缝合的嘴唇,
不确定地说话。
　　　　可是,好像
这类话,无论简短或冗长,
总是专横的、阴暗的,瞎了一般,
不再及物,不及任何物,不停地
转向话题本身,越来越空,
另一方面,离话题却更远或者仅仅是
将其搁置一边,维持着话题长久以来在找寻的。
那么词语是否应该让人感觉到
它们所没有抵达的、那些逃离词语的、
词语并非其主人的词语的反面?

我再一次在词语中迷路,
它们再次制造了屏障,我不再能

正确使用它们,
                    当剩下的未知事物,
镀金的钥匙,一直躲到更远,
当天已经暗下来,我眼睛的白天……

二

现在帮帮我,黑色而新鲜的空气,黑
水晶。轻盈的叶子费力地移动,
如同沉睡中孩子的思想。我穿过
透明的距离,而这样
在花园里走着的就是时间本身,
如同它在更高处走着,从屋顶到屋顶,
从星星到星星,这经过的就是夜晚本身。

我走了这几步,在重新上楼之前,
楼上,我不知道有什么在等着我,是
温柔或拐弯抹角的女伴,我们梦中
如此温顺的女仆还是衰老的哀求的脸……
白天的光线,一边隐退着
　　　　　　　　(像一副面纱
掉下,美丽赤足的周围
有一刻变得可见)
　　　　　　　一边暴露出那乌木
和水晶的女人,穿黑丝的高个儿女人
她的目光仍为我闪耀
她或许已熄灭了很久的双眼。
白天的光线隐退了,随着时间经过,
以及我在花园里,被时间驱使着,
向前走,她暴露着
　　　　　　另一些东西
——越过被不停跟随的美人,
越过这舞会上的皇后(从没邀请任何人的舞会),

随着她再也勾不住任何裙子的金搭扣——
更加隐秘却更加近的其他东西……

平静的影子,费力颤抖着的灌木丛和颜色,
它们也都闭上了眼睛。黑暗
洗着大地。
   就像
白昼巨大的漆门在它隐形的
铰链上转过去,然后在夜晚我出去了,
我终于出去了,我走过,而时间
也紧跟着我经过了门。
     黑色不再是这堵
被暗淡白昼的烟灰玷污的墙,
我越过它,是明澈的、沉默寡言的空气,
最终我在平静下来的叶子中向前走,
最终我能走这几步,如同
空气中的影子一样轻,

时间之针在黑色的丝绸中闪耀和奔跑,
而我手中却不再有尺子,
只有一些清凉,一种黑暗的清凉
白昼来临前人们采集它快速的香气。

(仓促的事物,外边几声脚步的时间,
但比法师和神灵更奇特。)

一个陌生女人滑进了我的话语,
好看的花边面具,在网眼之间,
是两颗珍珠,几颗珍珠,眼泪或者目光。
可能从梦的房间出来,
她经过时裙子擦伤了我
(或者这黑丝绸已经是她的皮肤、她的长发?)
我已经在跟着她,因为衰弱
和几乎老了,所以如同在跟随一种记忆;
但我见到她,并不比其他那些
院子或门房门前有人恭候的人更多
那些庭院、门房,日光早早归来,转动钥匙……

我想我不该让她
出现在我的心中;可是也不允许
让她占据一点位置吗?让她靠近
(我不知道她的名字,但饮着她的香气,
她的气息,而如果她说话,还有她的低语)
然后永远不可靠近,让她走远
经过,当刺槐纸的提灯仍在亮着时。
且我让她经过,再看到她一次,
然后我将离开她,甚至她都没注意到我,
我将抬起这疲惫的几步脚步
然后,重新点燃灯,重拾纸页
有着更贫弱、更正确词语的纸页,如果我能够。

十一月的云,你们这些成群的阴郁的鸟,在地上拖着,
经过之处掉落一点儿你们肚皮上的
白羽毛给山脉,
荒凉道路的长镜子、沟堑,
越来越清楚和宽广的土地,草的
坟墓,且已经是草的摇篮,
　　　　　　　对你说谎的秘密,
有一天人们会再也听不到这些吗?

听,更认真地听,在
所有墙后面,穿过你身上与你之外
不断增长的喧嚣,
听……然后在隐形之水中舀汲
那里,或许隐形的牲畜们仍在
其他牲畜后面饮水,世世代代,
夕阳中,它们寂静、白色,缓慢地到来,
(从黎明开始,它们就温顺地待在
大牧场的阳光中),
舔食这盏夜晚也不熄的灯
但只是勉强,被影子覆盖,
如同畜群被睡意的大衣覆盖。

……而天会整冬都暖和吗?
有时维纳斯或许将
出现在矿泉泥和黎明的水蒸气之间,
在那儿,耐心使过这犁铧的耕作者
是否将看见,三月里,贴着地,
一颗非草之草在生长?

所有我又突然想起的(并不很经常)
只是梦吗?或者在梦中
是否有一个倒影应该保存
如同保存被风毁坏的存在之火,
或者那倒影,人们能作为祭酒洒进土壤
那在陷下去之前,让我们的脚步
变得更慢、更踉跄的土壤?(脚步已经陷进去。)

人们将永不再喝的水,这太衰弱的
眼睛再也看不见的光线,
我还没有停止思考它们……

但黎明之杯破碎得快了点儿,
整个世界只是一只土制器皿
现在人们看到它的裂缝在增大,
而我们的头颅是一只金罐
很快可以扔掉。

可是这里面,用来喝的苦涩
或温和的水,是什么?

有时泪水涌上眼睛
像一汪泉水,
它们是湖上的薄雾,
内在日子的困扰,
被痛苦撒了盐的水。

求助远方神灵
求助哑的、瞎的、拐弯抹角的神,
求助这些逃兵的唯一恩惠,
不就只是
所有遍布近旁这张脸上的泪水
在看不见的土地里
让一颗生生不息的麦子发芽?

冬天，晚上：
    嗯，有时，那地方
像一个木头做的房间
有着越来越暗的蓝窗帘
那里火最后的倒影耗尽，
然后雪对着墙燃着
像一盏冷灯。

或者这已经就是那一边升起
一边用一切灰尘和我们
口中的水汽沐浴的月亮?

听,看:不是从土地中升起一些
东西吗?从矮得多的地方,
如同一缕光线,被波浪推升,如同一个
突然被看见的、受伤的拉撒路,白色翅膀
缓慢地拍打着(然而有一刻一切都安静了,
而我们真的就是在这里,很惊慌),
迎着它们,从比天更远的地方,
不是也飞下来另一些更加洁白的吗?
(为了不在泥泞的根中被穿过),
现在它们不是在奔向彼此吗?
越来越快,以与爱
相遇的方式。

噢,想想这个吧,无论如何,说吧,
说这能看见,
说你们仍能如此奔跑,
却完全藏在夜晚粗糙的大衣里。

现在我想要雪下在
这一切上面,慢慢地,
想要它一整天都停在这些事物上面
(那总是低声说话的雪)
想它将种子的睡眠
这样保护起来,更耐心一些。

而我们原本知道太阳,
再次,去到冥界,
还有,如果它厌烦了,它甚至会在某一刻再回来
像变黄的屏幕后面的蜡烛一样可见。

那么,我会重新记起这张脸
它一直,它也在
湿水晶缓慢的崩塌后面,
带着自己清澈或含泪的眼,变换着,
不耐烦地忠实着……
                    然后,被雪遮盖的我,
再次大胆赞扬它们蓝色的明净。

忠实的眼睛越来越疲弱,直到
我的眼睛闭上,而在我的眼睛后面,太空
像一把着了色的扇子,只剩
一个易碎的金柄,其他星球唯一的
没有眼睑的眼中,一条结冰的轨迹。

选自《博勒加尔》

三个幻想

三 月

  这里可能是山脉北坡和西坡最后的雪,在那升温得几乎太快的天空下;我感觉,今年我很惋惜这些雪,想把它们留住。它们会融化,将这些没树的山坡上贫瘠的草场浸渍进冷水;会变成溪水流淌,到处叮当作响,在田野里,仍然枯黄的草里,麦秸秆里。这也让人惊叹,但我本想更长时间保留另一些东西,忘洗的轻飘飘的衣服、柔和的无光的镜子、逃走的貂。我本想再次用它们照亮我自己,于此浇灌我的双眼。

  来自国外的信札……

  我以我懒惰的方式,让这些意象传播,希望在其中找到好的、最准确的。那尚未找到且永远找不到的。因为没有什么能被定义,能不混淆于任何东西,因为没有什么可以真正实现或拥有。因为我们只有一种人类的语言。

  仓促的、匆匆忙忙的芽,急促的叶子,迫在眉睫的青枝绿叶,不要太快捕猎这一队队迟到的白鸟。那些叶子的蜂窠——和天国,很远处,那些水晶的蜂窠。

（这里，再一次，颜色突然出现，以大地为背景，在柏树的遮蔽下，在它们深暗的笼罩中；一群颜色、花朵——也有柳树的火，一辆双轮运货马车，一个蹲下的男人，不知道在干什么，一个喷水壶。难以捉摸、喷涌而出、突然中断的粉红色：停止的飞翔。在遮蔽下，在绿色屏障后面，这些余烬，如果你拿在手里就不会燃烧，却会很快熄灭。树、森林的黎明。是多么惊人呀，这很快就会变成又圆又重的水果，像鸟蛋……树有一刻覆盖着翅膀，翅膀会落下、变黄、散落，重新混同于仍然潮湿的大地。）

天国里，那些寒冷之蜂——被阳光之蜂驱赶。我现在想走到天上，够到这些镜子的边缘，这些慢慢消失的湖的边缘，把我的脸浸进去——在树木和花朵之上。

雪会融化，它们开始融化——空气中刺着鸟叫，空气的温暖像一块布一样将雪擦去，很快雪就会变成溪水流淌，发出声音，流到田野的麦秸秆里，它们会流下来，来到我们面前，迅疾，寒冷，清澈——蹦蹦跳跳的雪，会像云一样散开——啊！让我们仍然看着它，让我们采撷它，呼吸它。是雪山顶散开，流淌，奔向我们（但那完全是另外一回事，我只应该让水流经过，让河流奔涌，顺流而下，将我喂养）。

悬挂的山泉，变成泉水的雪山顶——点亮，在我们周围很高的地方。一束光，由海拔和寒冷结晶而成。突然，或逐渐地，这个季节来了，它离开那些高处，将自己松绑，来到我们身边，迅疾欢快，有种被草场缓冲的匆忙。

摘下帽子、变成溪流的雪，寒冷之结紧紧攥住的雪——然后，这些梳子、这些别针被取下，雪坍塌了，它像活跃、芬芳的烛芯流淌——草地上，所有春天的水都新鲜地噼啪作响。

我会这样继续，我想我会毫不犹豫低声说出一个名字，也许几个名字，那些我本可以足够大声说时没有说的人的名字，因为我这辈子，太吝啬，或太小心。寒冷的年纪开始了，将不再经历快乐的崩溃、融化，至少在这个世界可见的一面；我越来越经常地，突然发现年轮迷失在梦境中，那些梦境为了忘记时光中不可抗拒和无法改道的水流，溯时光而上，通向一泓清泉的上游，这清泉有不同面孔，有时非常模糊或完全未知，但总是面孔——而不仅仅是水，新鲜轻快的水。脸和遥远的水仿佛编织在一起，水只不过是它身体周围的常春藤或一截花边，而年纪，隐藏在窗洞中，我已经突然发现它期待着，回忆着，也许遗憾着，或者又开始了做梦。

但是我现在又接近这雾巢里的白蛋了。那轻盈的一群女人已散去，我几乎听不到她们铃铛般的笑声了。我站得更安静了一点，在这三月的光线中，似乎有一种空无能折断这光。

泉水被寒冷、被高度拴系，处于天空和山脉之间的界限。将你与月亮混淆，或者把你和它联系起来，我并没有错。你洗涤着我的眼睛，我有时就这样接受你的沐浴，我闭上眼睑，我重又睁开：在我看来，我的目光走得有点儿远了，它带领着我，我必须跟随它。

我将为那不复存在的过路人，保留这白色的铜板。

四 月

一个寻找草的人……触摸仍然潮湿的泥土,点燃树枝上小小的火焰,移动石头。在这些树下,在这些篱笆和已经顶着太多叶子的灌木丛之间,形成了各种穹顶或笼子,但让最微弱的风吹动它们,将它们微微打开吧。他,今年比以往任何一年都明显,仿佛被这种匆忙,还有那些他本来想抓住却已过去、改变、消失的东西,催得够呛。

那里有橙色的花朵,一种既非火也非血的颜色,更像是太阳的亲属,一个被驯服、镇静下来的太阳,一种纯朴、单一、没有深度的颜色——就像一种善良,一种鼓励。在阳光灿烂却仍然寒冷的空气中。

他不再拥有任何现实,除了树叶轻盈的影子。他甚至不知道自己是不是也是什么的影子:他希望像这些花一样饱满、真实。有时,他似乎将他的生命弃给了它们,像一个盲人任由自己让一个孩子领着。

鸢尾也开了。他总会靠着它们紫色的灯盏,回到它们身边。如果有永恒,它们的香味可能就是永恒看不见的丝。如果有生活,是鸢尾的香味编织了生活的布匹,也许。

搂耙的线条梳着大地,让大地像水一样有了涟漪。当土地不太干时,就要划拉出这些线条,否则灰尘就会腾起来,漫进房子,让桌子、书、小瓶子上都是灰。远东的僧侣们从这些线条和一些石头出发,创造了冥想花园。这并不让我吃惊,因为搂耙的画制造出一种内心的平静、一种静默充实的情绪。为什么?我给大地梳头,是否像我给我的孩子梳头一样?我的孩子,已不再是孩子。

这简单活儿，这些动作，凑凑合合、缓慢、心不在焉地做，弄破了因为炎热而变得不透水、黑暗的、薄薄的土壤表层；人们重新看到更黑暗、更私密、更活生生的大地的质地。大地在有序排列的同时重新开放。它像不像那些一边将光线划出条痕一边让光线照进来的百叶窗？我不太知道。可能更该联想到波浪、声音的振动和谱写一首歌的过程……本该让一首歌出现在这土壤的表面，这承载着我们、将接纳我们的土壤；一旦这完成了，人们就会舍不得在上面留下脚印，就像面对新鲜的雪地。

我将我的坟墓变成了头发、一个黑暗的湖或一首闭嘴哼唱的歌。

可以通航的大地，仿佛风让它泛起涟漪。

别忘记你走进了这个花园，里面的房子，像一块从花园中浮现出的空心岩石。说不出这房间保护着什么、关闭着什么。内部，不可能一切都一直清澈又易懂。但这是那些在两个不透明的住处之间将这里作为他们庇护所的人的秘密。我，我只能谈论周围那些如礁石脚下的泡沫一样颤抖和喷涌的东西：鸢尾花、常春藤和月桂树。树木和石头比房客、园丁活得更久。因此，它们有时能帮他们克服恐惧、沮丧。人们煎没见过的草药来缓解某些病痛。我试着用它们来泡一些比风轮菜甚至颠茄更神奇的东西，因为它们应该能让最深的伤口愈合。

亚麻籽，我不知道为什么，也叫"罗马的废墟"，它们侵占着面面墙壁，像轻盈的杂技演员站在茎秆顶端；或者像有点苍白的安静蜂群，有着夜晚的颜色，和消逝记忆的颜色；蜜蜂会睡去，忘了它们的忙碌、它们的螫针和它们的蜂蜜。

当风耙着空气时，所有的绿都只是冰冷的火花。树木就像在它的中心保留了一个夜的贮藏室，但在它们的边缘、表面，它们用尽可能多的玻璃片让日光倍增，这些玻璃片是滤光片，也是镜子。

随着眼睛往上抬，远离光环中的事物，天空变得更蓝、更硬、更厚重。一个男人把椅子拉到阳光下，带着病恐难愈的病人的迟缓，聊到他的狗、他的花。这人类的声音孤独地响在下午的强光中，像遥远的钟声一样奇怪。

去感受它吧，至少在被扔到凡尘之前，收集这些画面，继续这些微不足道的作品。我本想写一首颂歌给这座花园，就像有些人致敬秋天或人类的灵魂：人们读到这些诗时无比快乐。但似乎这已经不可能了，即使对于比我武装得更好的人。人们张开嘴庆祝四月，就在这些嘴唇上，已经有了夏叶阴影的重负。但真的是这原因吗？也许歌唱的冲动已经知道，它持续不到诗页的末尾，知道最后一行，甚至倒数第二行，将只能是结结巴巴？

今天，我将只说这座花园，在这儿，年复一年，我看到光线流转，像一个孩子在玩耍。年复一年，确实，我看光线看得越来越不真切，我越来越难于追随它，跟它说话。但它总是在日益繁茂的树叶下玩耍，树叶没有皱纹，它没有伤疤，没有眼泪。因为光在事物之间，所以它似乎经久不变，甚至永恒。也多亏了这些脆弱的绿，这些变化的、动荡不安的花园，我们才看到了光。让人们在两种更黑暗或更贪婪的想法之间，再将它思忖片刻吧。植物不断悄悄地谈论着光。必须找到那像是上帝的事物，或者至少是一种至高无上的喜悦。障碍，是让它们显现出来的屏幕。

五 月

我曾经说到过五月的草地,一个欢快而脆弱的节日,但今天不一样,也不在同样的时间:更确切地说,这是更模糊、更宽广的草地,不是在大白天,而是在晚上看到的:在一个山谷中,那里尽管在排水,土壤却一直湿润,很快变得泥泞,那里似乎漂浮着高大的野生灌木,却是一种规则的形状,像一个个穹顶庇护着一个夜莺的合唱团,在低矮的墙和同样也青草茂密的路之间,在灰色的天空下。

当我路过,还有一样东西让我吃惊,它触动着我,用它温柔和几乎沉默无声的箭头,它吸引着我——我已经再次感到,这将是最难说清的事物之一,是最不引人注目,又最普通的。

高大的禾本植物摇摆,轻盈,有各个物种(区分、命名肯定是无用的),其中黄色或粉红色的花朵,不易区分,同样也数量众多,各种各样,勉强更容易认出来。高高的、轻盈的草,颤抖着,并没任何害怕的样子,或者仅仅是激动的样子,确切说是在震颤,这是夜晚,飞着雨燕的漫长夏夜。水中的鸢尾开黄色的花,青蛙开始鸣叫(隔一会儿,它们的音量会把人吓坏)。水花编成的芦苇做成的窝,装着象牙色的蛋,蛋上有棕色或灰色斑点,不能靠近它们,陡峭的河岸可得留神。我们一边凝视着将要被割掉的草,或者即将干枯的永恒的草,脆弱的草,一边想到一些故事,想到**历史**——如此暴力的历史。一种绝非奢侈的丰富,一种不是富裕的充足:我很怀疑我将前所未有地陷入它的话语。

像风一般带给路人的又一个东西。

在眼睛下面,我们的脚步周围,像水流到挨着脚踝的沙滩，有颜色相当深、没有光泽的一抹沉闷的绿色（很友好，或者说亲密？总之一点儿都不突兀），却生长着本身也不引人注目，朴实无华，几乎可以说是简陋，让人不屑却数量众多和欢快的鲜花，很可能没多少香味（和园子里富有的花很不一样），应该承认：它们几乎是微不足道的，就像没名字一样。

生机勃勃、令人舒适、让人安心、新鲜清新的一块地儿。天空下面，表面在变化的大地，分裂，变轻，获得生气，上升。不能说是一首歌，勉强能叫低低的吟唱。离我们如此近。如此纯粹。

夜晚，长夜的宁静依然明澈，银色的辽阔天空安逸舒适，鸟儿在空中疾行——太阳落山，气温柔和，小风徐徐，处处都升起隐藏的夜莺之歌，如此像流淌的水，像一泓狂热的泉的声响；好像在这边缘长着橡树的宽阔山谷，走在许多泓泉水之间，却没有看到这些泉水。这一切的土壤，是这些移动着却又很寂静的宽广草地，是它们栖息着无名花朵的敏感地带，是细、直、含籽的茎的颤动，这些茎，虽然与它黑色的深处相关联，却又刚刚好依附于大地。仿佛大地在朝着纯净天空升高时变得优美，在遇到雨水——它们的姐妹时，向天空递上这些没有重量的祭品。

当时，我只注意到这一点。我很清楚，我再一次这样建立了一种现实，在另一种现实旁边或周围，它保留了一些特征，但隐藏或扭曲了其他特征，因为这个事实，我预先就泄气了。有时，我对自己承认，仅仅是"草地"这个词，或更好的"草原"，就比那些容易陷于矫揉造作的研究，在这方面能够表达的更多。

今天我仍坚持，在时过境迁之后，所以也许已太晚。

一些绿色，是的，但既不暗也不亮，勉强就是一种颜色，比树的颜色更不明晰,更模糊,或更隐密。

一些空间,在眼睛下面,脚印周围,也很模糊,但因一种不断的振颤而充满生气,它轻盈、安静,只发出很少一点儿声音,或根本无声。

众多美好的事物,虽然植根于大地,却没有重量,它们携带着种子。这些"深深的草丛"。

不能离它们太近,实际上,我们也做不到。离近了,它们却保持着无限的远。而不管怎样,它就像给你的一份礼物,对你的一种迎接。

傍晚,当白天光的源头在黑夜来临之前重新藏起来,银色的天空看起来像一面巨大的镜子,镜中,最后的鸟儿们像是其他鸟儿的倒影,一些黑色而快速、呼啸的痕迹。银色的天空下,灯盏隐藏,远去……

我走在这些地方,我穿过它们。像其他人一样,一个在这广阔的空间感受到威胁的人。如果我飞起来,可能是蝙蝠那种害怕又笨拙的方式。然而,我在这片草地被接纳,被欢迎。诸神早已转身离去。我们不再有力量背负它们。装奠酒的瓶子躺在地下,成了碎片,就像包容了太多的心。未来吓灭了我们最后的火。我们就像走不到一个已然开始的句子的终点。

(真的应该重新飞升到诸神那里,去诉说这个吗?)

绿色和夜晚之间有联系吗?草与夜呢?

一些颜色,里面的一些花,粉红色的、蓝色的、黄色的、很小的花。

绿色和银色。傍晚高高的草,夜晚来临前的草地。白天和黑夜之间。不需要阳光,而是相反。一种暂歇。像一股睡意吗?一张邀请你躺下的床?

另一种媒介般的事物,如此逼近又如此遥远,仿佛它不仅仅只有一个身体。

在石头的箭筒里轻轻移动的箭。

在巨大的镜子般银色的天空下,最后的鸟像是其他事物呼啸着的猛烈的反射。

草地贴近地面歌唱,对抗死亡。它们说着风、空间,它们低声说:风活着,土地继续呼吸。

我从不会祈祷,我不会任何祈祷。

在那里,在白天和黑夜之间,当白天的承载者在群山之后远去,在我看来,草地可能是一种低声的祈祷,一种像溪流声一样漫不经心又令人安心的絮叨,臣服于风微弱的冲动。

我不想因此跪于此地,甚至不想声称我正沿着一些神圣的足迹。那将会是另一种错误,我几乎不能确认所有这些。但这些草地存在着,四处散落。甚至不该寻找它们。在一天结束时,在无论哪一天结束时,我们沿着草地走,这时,光线变得更加不清晰,脚步变慢,就像有一个影子在你旁边,从无限远的地方归来,而人们却不再期待它,如果我们转身去看这影子,它甚至可能不会消失。

选自《云下所想》

人们看见

人们看见小学生们大叫着奔跑
在庭院里厚厚的草地上。

安静的大树
和九月十点钟的光线
像一帘新鲜的瀑布
再次将他们遮蔽，用照耀着
彼岸星星的巨大铁砧。

灵魂，如此怕冷，如此怯生，
它是否真的应该不停地走在这冰川上，
独自赤着脚，甚至不再会拼读
它童年的祈祷，
不停地被寒冷惩罚，因为自己的冷？

这么多年,
而真的这么少的学问,
这么虚弱的心?

连过路人支付的最粗糙的铜板
也没有?如果过路人靠近。

——我储备了草和疾流的水,
我将自己保持得很轻
为了让小船少陷下去一些。

她靠近圆镜子
镜子如同不可能说谎的
孩子的嘴,
她穿着蓝色卧室里的裙子
裙子也在变旧。

头发很快将是灰烬的颜色
在时间很缓慢的火下面。

拂晓的阳光
再次让她的影子强壮。

在窗框被刷白的窗子后面
(对着飞虫,对着幽魂),
一个老人花白的头倾斜着
在读一封信,或者这国家的新闻。
晦暗的常青藤抵着墙生长。

保留它们,常青藤和石灰,黎明的风,
长夜的风,另一个永恒之夜的风。

有人编织着水(其中暗含
树的图案)。但我白看了,
我没看见织布女工,
甚至没看到她的手,那人们想触碰的手。

当整个房间、织机、布
蒸发了,
人们应该会在潮湿的土地上认出脚印……

有一段时间某人仍在光的茧中。

当这茧散开（缓缓地或突然一下），
他是否至少能变成夜晚
孔雀的翅膀，上面覆盖着眼睛，
好冒险进入这漆黑寒冷？

人们经过时看到这些东西
(即使手有些颤抖,
如果心蹒跚的话),
和同一片天空下的另一些:
花园中血红的葫芦,
如同阳光的蛋,
老年色(紫色)的花朵。

这夏末的光线,
如果它只是另一缕光线炫目的
影子,
我基本上也不那么吃惊。

云下所想

——我不确信我们将进行这次旅行
穿过所有越来越亮的天空,
将被带去,挑战阴影的所有权威。
我看不清我们自己,我们就像不可见的鹰,
永远
围着因光太强而同样不可见的
峰顶盘旋……
      (积攒时间的碎片,
也拼不出永恒。只是背驼得
像拾穗女。穿过我们
坚韧的墓碑,只看见整块的耕地
和犁的轨迹。)

——这是真的:所有这些天,人们将几乎看不到阳光,
在这么多云下面,满怀希望更不容易,
山的底座冒着太多雾气……
(可是,我们应该不大有气力
因为缺少一点儿阳光就放弃,
而且不能扛一捆云在肩上
扛几个小时……
我们应该保持足够的天真
去相信我们被天空的蓝拯救
或者,被暴风雨和夜晚所责罚。)

——但是你觉得会再去哪里呢?带着这残损的脚步。
是仅仅将房间的角落转个向,还是再一次,

跨过哪一条边界?

(孩子梦想从山的另一边出发,
有时远行者这样做了,他在天上的气息
变得可见,如同人们说的死者的灵魂……
人们寻思着,他在雪的镜子里
看到什么样的画面经过,什么样的火焰发光,
他是否发现后面有扇半开的门。
人们想象着,在这遥远的地方,这可能是:
镜中燃烧的一支蜡烛,近旁一只
女人的手,一个门洞……)

但是你在这里,如同我发现了你,
你将不再有力气在水晶的高脚杯中畅饮,
你将对高塔的钟声充耳不闻
对随阳光转身的灯塔视而不见,
成为一个拙劣的航行者,经过同样狭窄的航道……

耕地的裂缝中,你变得更清晰,
流着死者的汗,而那耕地与其说
被卷向最后的骄傲的天鹅,不如说被翻松……

——我并不确信我们还将进行这趟旅行,
也不相信一旦目光之翅不再拍打
我们能逃脱昏暗的战斧。

一些过路人。人们不会再在这些路上看到我们,
我们也不会再看见我们的已亡人
或者仅仅是他们的影子……
      他们的身体成了灰,

给他们的影子和他们的记忆也铺上灰;而灰本身,
一阵没有名字和没有脸孔的风吹散了它
而这风呢,什么又将它擦去?
      可是,
经过时,我们将再次听到
云的下面,鸟的叫声
在空洞的十月正午,一阵寂静中,
这些散乱的叫声,既近,同时又像很远
(这些叫声很稀少,因为,寒冷
在向前走,如同雨水之犁后面的一个影子),
这些叫声丈量着空间……
      而我从这叫声下面经过,
在我看来,它们在说话,不是提问、呼唤,
而是回答。在这十月低低的云层下。
而这已经是另一天了,我已在别处,
它们已经在说着另外的事,或者沉默,
我经过,我惊奇,对此我无话可说。

致亨利·普塞尔 ①

听：怎么可能
我们困惑的嗓音这样掺杂进
星辰?

他让这嗓音攀登天空
顺着玻璃台阶
借助他艺术中青春的优美。

---

① 亨利·普塞尔（Henry Purcell，1659—1695），巴洛克早期的英国作曲家。

他让我们听到母羊经过
母羊在天国夏日的尘埃里互相紧挨
我们从未喝过它们的奶。

他把母羊们集合到夜间的羊舍
那里一些稻草在石头间闪亮。
声音的栅栏关上了:
这安详的草的清凉传到永远。

不要相信他触到了一种柏木和象牙的
乐器,如同看起来的那样:
他握在手上的
是这把里拉琴
织女星是打开这把琴的蓝色钥匙。

对着他的明亮,
我们不再投下阴影。

倾听着夜的你，想想那些事物
对于你的听觉，它们可能是
一场非常缓慢的
水晶之雪。

人们想象着一颗彗星
会在几个世纪之后
从死亡王国归来
而且,这一夜,会穿越我们的王国
在此撒下同样的种子……

毫无疑问,这一次远行者
经过了最后一扇门:

他们看到天鹅星座闪烁
在他们身下。

我倾听你时，
蜡烛的反射
在镜中颤抖
如同一簇火和水
织在一起。

这个嗓音，它难道不也是另一个
更真实的嗓音的回声？
这回声是否将听见，那在刽子手
总是太迟缓的双手之间
挣扎着的回声？
我会听见吗？

万一他们在我们之上谈论
在布满四月的那些树之间。

你坐在
高高竖起的织机般的这把竖琴前。

尽管隐形,我还是认出了你,
织着超自然溪流的织工。

选自《记事本笔记（播种期）之三》

从精神上，烧掉，所有这些书，所有这些词语——所有这些不可胜数的、微妙的、深刻的、易朽的思想。为了打开自己，对着落下的雨，被小蝇、昆虫穿过的雨，对着这灰而绿的国度；对着各种树，各种绿；对着墙石或门木的嘎吱作响。

*

嗡嗡作响的苍蝇。间或为死者敲响的一记记钟声。在夏日隐约泛白的天空。让我们为我们的姐妹玛丽·路易丝·布冬祈祷。

*

任何为获得更纯粹思想爬上山丘的人，久而久之，都有可能在山丘上发现只有空虚，甚至可能，因为最终厌烦了，转而反对纯粹。那么不妨在更低处迷失自己。

*

因为睡眠、雾、猫头鹰的哭声而裸露的膝盖，仿佛迷了路。

*

《梦》。横穿西伯利亚，穿越无尽、灰色、雾蒙蒙平原的夜晚，思忖着西伯利亚意味着什么（像一记鞭打一样的词，如一阵冰冷的风，因为人所共知的原因），想着集中营，想着曼德尔斯塔姆，还有一位不知名的年轻女子，她将陪我一直到中国。我听到她轻声哭。她说她不知道为什么。她抗议了，当我问她不是因为我哭——对她来说太老的我，使她成为一种囚徒的我。她似乎很真诚。然后，当她在那儿，对着玻璃站着，我打开她的衬衫，仿佛我想向月亮展示她胸脯的美、脸的美，而弥漫的月光照亮了一片有着森林和雪的风景；我用急迫的语气问她，为什么同样的美给予了她，存在着，现在也给予了我，为什么？她的脸一点点变亮。然而，我们没找到任何答案。

*

那些阳光不能温暖的人，走在夏天，像一抱虚弱的骨头。一个骨头的牢笼，摇摇晃晃，里面几乎不再有火。

火吹进了骨头的灯盏。

*

哈尔斯的《女董事》[1]，一个只和死亡相关联的老妇人，像一束干柴般颤抖——几乎没有什么和她连接。

树木、天空、颜色这些镇痛香膏，不能治愈她，或不再能治愈，不够用了。

未知来临，似乎只是增加了黑暗。

再也不知道将如何写这，说这，几乎可以肯定，它将不可言说，因为用碎片无法建构。

基督，受难。

会被带走的词语。只会被怜悯、惊讶、恐惧带走的词语。

镜中，是祖先的脸，手中是祖先的笔。母亲的，父亲的。

---

[1] 荷兰17世纪肖像画家弗兰斯·哈尔斯（Frans Hals）有幅画作叫《养老院的女董事》。

风再也带不走的声音；天空的黑。

一个人远离，哪儿也没去。

任何知识都不够了。所有人说话似乎都不费力，并且果决：我几乎"在异乡失语"，在我自己的国度、在我自己中失语。几乎没有一个词是空泛无内容的，是能脱离其使用场景的，或者说没任何词语之间没有联系。我想凭借最简单的词的流动来写作，我做不到。人类怎么了？被一支隐形的、无名的箭击中。

像空空的、被挖空的蒜瓣一样的词。
我憎恶我说的每句仍然充满幻觉和谎言的话。（这片尘埃上的构建者。尘埃房屋的构建者。尘埃的构建者。）
我应该把话语装在身体里，仅仅装在痛苦中，或恐惧中，全部打乱，像山中的石子。

就在时间开始在脸上挖，让目光阴郁、困惑、迷茫时。土地像船边的水，沿着我们上升。
风不再带来、不再夺走景色。葡萄树、果园像土地里的火，这些目所难及的土地。目光不再有根。
天国的光已不足够，或不会被破译。

当灰林鸮整夜地叫，它没呼唤任何东西、任何人。我又开始听到它，就像当我躺在这个几乎被遗忘的女人旁边，但我不会在想象中随它去森林；我最多能像它一样叫，因为我根本不知道，那让我在黑夜心不在焉的东西，它要做什么。能像它一样叫！
但我并没有完全失去寻找的愿望，仍然行走的愿望。

*

《梦》。在罗马。与一个完全陌生的女人漫步。当我把手放在她肩上时,她没有闪开。这最初的默许的幸福,最大的幸福。我们将在一个廉价小饭店,喝白葡萄酒,我曾如此深爱的白葡萄酒。关怀:问她冷吗,等等。街上,人群中,那纯粹的片刻。

*

灰林鸮回应着,几次,几乎每个晚上。是鸟,被我当作,或想当作苍鸮。这已快二十五年,在塞夫勒。很难说,我不再能用同一只耳朵听到它。尽管诗中有亡者的思想,诗仍向未来的所有空间开启。现在,很大可能的事实是,不再有空间给任何诗歌,因为人群之间联系的幻象(?)被摧毁,因为除了对衰弱的期待,已不再有任何期待。但是……仍然有这个不比一个眼神更有力的"但是"。仍然有越来越多的未知。

还有冬日清晨的美丽。穿过心冰冷的玻璃窗。

*

将他心中的画面打成捆,他微薄财产的清单?一个鬼魂们的故事,一切都在向我们叫嚷着这故事,用大量的、很快被抹去的血淋淋的例证,然而有人仍然怀疑是否该将一切缩减至此。

这只能写,无法说……

(谁写的:"我给你这些诗句,以便,我的名字/快乐地靠拢遥远的时代……"? 听起来像杜·贝莱①,或杜·贝莱在现代的回声。波德莱尔?我不知道为什么这一刻,我脑子里出现了这些诗行。)

---

① 杜·贝莱(Joachim du Bellay,1522—1560),文艺复兴时期法国诗人。

接受这些幻象，接受这些影子，接受这些烟或这虚无。
你惊恐地看着你的手变化，
你一阵晕眩，因为很快，优雅或力量，都会失去，
那么接受吧……

而格子布颜色的喜鹊在小雨中从冷杉飞到冷杉，被风卷起，
展示给朋友这些幽灵的痕迹……

对于那个受惊吓的孩子，城市有它刻在心里的地图。
学校由一只很坏的红公鸡掌控，
马鞍房味儿很重，芍药打湿了，
在照亮打蜡棋盘的绿珍珠做的灯下
一只手翻着书页，
齐格弗里德在一座高吊桥上进入渥努姆斯①
（他的马比雪还要白），
一个被遗忘的声音，通过哥特式写作，破译其彪悍的历史，
不久，他将和长枪一起，掉进泉水附近花丛中的山脊。

这不是人们所相信的，人们不是生活在一个熟悉的面孔之间的
持续、连贯的故事中……

当人们走远，他们还有面庞吗？人们忘记了他们的脸，从来没见过，还是将它隐藏了？
无论如何，记忆中已不剩任何完整。

---

① 齐格弗里德（Siegfried）是德国《尼伯龙根之歌》中的屠龙英雄，渥努姆斯是他率先踏上的地方。

他们曾在哪里?我们曾在哪里?

有时花、黄杨树的篱笆、一个变成了护身符的旧物件,离我们更近。
一些地方、一堵贴墙种满树的墙、花园里一个圆形的小寺庙,离我们更近,
在黑暗街道的出口处,
是栅栏后面盲目的军火库
它们棚子下的锯木厂,和车站与墓地之间
它们金色的尘埃,
或者俯瞰着河流的监狱高墙,和它装着铁栅的小黑窗。

雾中,博罗耶河① 不停流淌,
星期天,枪声噼噼啪啪,被绿色的悬崖反射。
一对夫妇在等待一封美国来信中衰老。
四姐妹在关得太紧的房中凋谢,
一个穿着粉红色紧身衣,在拱形楼梯上徘徊,
另一个被放进庇护所,她在那里画下花束,
姐姐因为一直站在炉火旁,脸颊很红,她穿着黑衣,
苏菲不会沉溺在爱的忧伤中吗?
但是父亲摇动着他肥胖的身体格格笑着。
下午茶时间,有人从里屋漆成红色的柜子里拿出旧饼干。

你在这里干什么?你既不快乐也不悲伤,你或许会惊讶
然后吃下比面包还多的画面……

*

我生命中每个时期留给我的不多的记忆,以及它们的模

---

① 瑞士的一条运河。

糊,让我充满了惊讶。关于敖德萨街酒店这个房间的记忆,也是如此——天花板上微弱的灯泡和镜子、火车轰隆隆的声音——但还有什么?我们将像在梦中一样生活。

*

《梦》。在一个老城区,一个非常高的石阶的半路上,我遇见了 R 小姐,她穿着蓝色外套,戴着蓝色帽子,有着资产阶级的优雅,符合她生前的品位,完全就是她本人。我和她当年的一位朋友谈论了这次复活,满怀惊愕。然后我的母亲取代了 R 小姐,她仍然活着;她也在我的眼中复活了,我不停向她发问。我只记得,在问了她此时是怎样"活过来"之后,我听到她回答我:"通过乞求"。我把她带到一幢房子里(并不是"家",而是一套未知的公寓);我们去找我父亲——他担心她甚至不会再对他微笑。在这整个我忘记了细节的梦里,笼罩着一股惊愕和一种令人心碎的快乐。我妈妈,几乎一直躺着,睡在房间中央。

*

《曼图亚①》……中午,天灰灰的。首先看到的是明乔河在城市两侧形成的这几面湖泊;上面漂浮着几艘一动不动的黑色空船(如同曼特尼亚②《处女之死》中的远景)——或被一个灵巧、黑色、同样也一动不动的渔民占据;在整个城市所沐浴着的这灰蒙蒙的薄雾中,在这几乎无人和寂静的时刻。每次突然出现在这样一个被时光改变得那么少的意大利广场,都会感动、兴奋,仿佛一种非常遥远的美终于归还给了你,你体验到

---

① 曼图亚(Mantoue),是意大利北部小城,一座享有盛名的中世纪古城,大诗人维吉尔的老家。
② 曼特尼亚(Andrea Mantegna,1431—1506),意大利帕多瓦派文艺复兴画家,为曼都瓦公爵贡扎加家族的婚礼堂创作了整幅壁画。贡扎加家族自 1328 年到 1707 年统治意大利曼图亚公国。

一种神奇，又迅速变成忧郁；还是在这里，因为维吉尔的记忆，因为这些不确定的湖泊，因为这个太大、太空的宫殿，这个潮气腐蚀着墙壁、磨损着柱子、擦掉了壁画、冻住了游客脚步的宫殿。维吉尔……准确地说，我会在宫殿正面墙上贴的一块高高的大理石牌子上，重读但丁的诗句，在《炼狱》第六歌中，描绘了维吉尔和索德尔①奇迹般的相遇：

> 但是看，那儿有个灵魂，站着
> 独自，孤零零的，看着我们：
> 它将把最短的路告诉我们……

单单这种语言就配得上这些高耸而严峻的住宅，就像曼特尼亚的一些画作，其中，他将贡扎加的历史给予树木、马匹、纪念碑和天空，同时，在它们于此处显得与其说欢乐、不如说沉重的命运之上，找到梦想的位置，这梦想的位置，由所有朝着远方的豁口所激发。

*

曼德尔斯塔姆一九二一年的诗，以这样的句子开头："我用夜晚洗涤自己，在院子里"（或只是"外面"），在我看来，和今天写就的所有诗歌相反，这代表着诗歌的一种典范（不幸的是，也和我自己的随笔相反，确切地说，在这样一首诗中，如此不可挽回地远离了我想要的和钦佩的东西）。从最简单的事物出发，调和近和远，严峻但不僵硬，痛苦而有节制。此外，多年来没有一位诗人带给我像曼德尔斯塔姆那样的"伟大"诗歌的感觉，即使是通过凭着各不相同的价值观而半猜半蒙的翻译作品来看。

---

① 索德尔（Sordel, ？—1269），出生于曼图亚的伦巴第吟游诗人。

*

莫扎特的《K.516五重奏》。——有一些东西似乎从地底升起，涌到地面之外，像一缕复活之光，像拉撒路，一种白色，因为波浪，因为苍白翅膀的飞行，而蔓延；仍然能够听到这，看到这，在一种超自然却简单的宁静中。迎着它，从天外，飞下来另外一群群甚至更加洁白的生灵。就像被爱插上翅膀的相遇。

*

困难不在于写作，而在于以写作自然而然诞生的方式生活。这才是今天几乎不可能实现的；但我无法想象其他方式。诗歌如同绽放、开花，或空无。不是世界上所有艺术都能掩盖这空无。

此外：一部作品的绽放，它在外部的光芒，如果碰巧让你亲近的人感到重负，碰巧制造了痛苦，不论以任何方式，那么那些自己曾确信想要的东西，是怎样地变质了啊。

*

夜晚（"另一个夜晚"），往往难以穿越，即使在短途旅行中，仿佛真的我们内心的光，正在减弱，暴露在太多矛盾而激烈的气息中，越来越需要白昼的光，外面的光，在这些早春的日子，前所未有神奇的光。

然而，将你带回某个（痛苦）中心的夜晚，其中包含着真实的部分，人们往往会试图相信只有它是实在的。夜里，白天到来之前，鸟最早的鸣叫、啁啾声（我觉得听到时，已经快五点），仿佛在黑暗中挖洞，在开洞采光，在用很小的劲儿撕一块布。囚犯的工具、秘密的小工具、锉、剪刀——然后黑墙让几块石头崩塌，掉了一点儿它的烟灰下来。每天早上，它们都重新开始，起初羞怯而稀少，然后越来越多，越来越激烈，直到胜利。它也可能引起一场骚动、一场叛乱。

但是，同样，鸟儿们最早的叫声、水滴、断断续续的溪流——宣告着雪的融化，也就是那些最初的迹象，关于一种微温、一种复活、幸福的崩溃。（因为这个词，我脑海中浮现出有关俄罗斯小说的记忆，其中崩溃扮演着重要角色，与复活节之夜相关联。有必要重新找到我隐约记忆中尚存的段落：一个是在契诃夫的短篇小说中，小说标题就叫《复活节之夜》，另一个，我觉得是托尔斯泰的，但是哪部小说呢？不管怎样，在这种声响，这最终解放了的水的喧嚣，以及照亮复活节前夜，一直照到亲吻、黎明和得救的那些蜡烛之间，一定有种奇妙的联系："基督复活了！"——"早晨，基督降临……"，如同我们在《地狱一季》中读到的那样。天蒙蒙亮时的情感非常自然地与关于复活的荒诞希望相关联。）

最后，这鸟儿清晨的歌声让我们，也许不那么确切地，想到会亮起来的灯光，先是零零散散，然后越来越多，想到一束很快将凝固的火焰最初的光芒。虽然在这种情况下，人们因为这红色，而远离了火；因为那时，在白昼来临前的一切事物都是没有色彩的，只能是黑色，或白色，或灰色。工具和刀的微光照亮河流，薄雾飘过，或者有时，薄雾包裹着整片景色，它飘浮在房子周围，只有在太阳照射下才会消散。

*

能在青翠的繁茂叶丛中听到的鸣叫，与大自然的声音截然不同——它美丽的亮光十足令人心碎，打破了世界表面的秩序。悲痛。有种在动物中我们未曾见过的丧。《老虎看上去更美丽》：希望世界不那么经常让你想起简·里斯[①]的这个书名。

*

一个梦把我带回穆东的老房子（已经离开它四十四

[①] 简·里斯（Jean Rhys，1890—1979），英国女作家。

年）：非常高的窗户、壁炉和突然的雪：层层的冰在壁炉的小木搁板上融化，有种诉说的冲动，或者听人诉说的冲动："看这雪……"

*

音乐会"归拢骨头"，重建、重新焊接，这些破碎的骨头。（夜晚，在室外听两把小提琴演奏海顿，在流星下，想着那被毁的、破碎的、强大到足以自我修复的老姑母 H.。）

*

诗歌——像小灯笼，其中仍燃烧着另一束光的反射。
也许只有冬天最冷时，我们才能看到墙上夜的粉红色？

*

《莫扎特钢琴协奏曲，K.488》。在我看来，慢板就是恒星的次序，只可与这些日子，特别是这些当下的、静止的、沉默的、已经理清的——仿佛被带到海拔最高处的夜晚相比拟。
或者一条被岩石打开的水流。

*

勉强算是在清晨，厨房的桌上勉强有光，黎明和夜晚的寒冷勉强解体——就像一个人勉强被重新赋予生命；在这可怜的黎明中，在这更像是雪的反射的一天开始时，深深地隐藏着喜悦和黑暗缓慢而无声的一种撤退。一天的食粮。所以我们又诞生了一次？我们又一次触碰到了大地？

*

今天上午，尽管炎热，却有了秋天的第一个先兆，这远处不多的一点儿薄雾，弥漫在山丘的褶皱和田野里。声音响亮的莺仍然在那儿，在金合欢和椴树之间。夏日花园里的俄耳甫斯。他,也很像是毫无困难地从一个王国经过,到另一个王国:我将可以跟随他吗?

*

在你的弓上,野蔷薇张开
花环(彼特拉克本可以用来装饰劳拉① 的花环)
为了纪念那消失或被毁的
没有任何重量的美,而在田野里到处
挂着的纯净花环——敞开,纯粹
幼稚的花
给那些离开了我们世界的人的花冠,
给那些今天不再坐在本地
白色或粉红色
草地上

或这样的拱门中的人——拱门下走着
无论在哪儿都略弯着腰的
村夫野老和穷人
门半开……

*

房间里雪的光芒。我想起了《回忆》中莱奥帕尔迪的诗句:

在这些古老的大厅里,

在晴朗的雪地里……

---

① 劳拉是意大利诗人彼特拉克暗恋了数十年的女子,他为她写了366首十四行诗。

我们可能生活在一个荒漠中，生活在那没有夜之美的夜里。轮到了一种似乎很普遍的退化，来消耗我们。当某人说"上帝死了"，听起来一点也不像是喜悦的呐喊。然而奇怪的是：我听到关于雪的这几个意大利词（其他日子，又将是另一些词）像银般响亮——在我看来，有点儿像一个信徒应当听到弥撒中高举圣体时的铃铛声。几乎完全就是这样。在这交会点上，再一次：另一个世界。我们的世界呢？

*

那些似乎打开的门，那些画面，等等。

像一只放在肩上的手
轻轻推了一下胆小的人，
山脊上雪的光
刚刚好……

在几次这种"相遇"和假装思考之后（确实不够，是什么阻止了我？），在已经过了多年之后，
只能观察到一件事，总是同一件事：
"好像一扇门在打开……"
因此，关于野蔷薇，每次我再见到它，它都让我吃惊。它的树枝画了一个拱门，在拱门下，人们尝试通过，像要进入另一个空间，同时完全知道，在某种意义上，这不是"真实的"。

因此，或者稍有不同，在白天和黑夜之间，大地和天空之间，夜鹰摸摸索索的飞行，似乎发生在别的事物之前，像一种宣告，其真实性每次都被一阵阵的时光所否认。

因此，繁茂、布满荆棘、无法穿透的灌木丛下看不见的溪流——它永恒的、缥缈的声音，也像从别处来到此地，
而这个秩序的所有诗歌、所有音乐、所有绘画，

朝着被遮蔽者和无名者汇聚。

*

在巴黎，从彼得·布鲁克①让人感动的作品《鸟类的会议》中看到的这句话（鸟到达了虚无之谷，但一个占星家让它们重拾了一点勇气去超越）："两个世界仍会突如其来毁灭，不应否认地球上哪怕一粒沙的存在。如果没有任何痕迹留下，无论人的痕迹，还是天才的痕迹，请注意雨滴的秘密。"这可以作为今天人们仍然敢写、敢出版的任何诗集的题记。

*

我对超现实主义遥远的拒绝和对神秘主义的拒绝有些相似。阐明一条中间道路的愿望占了上风；有可能这是一个太懒惰的梦。

我现在能够带着更多力量，或怀旧之心，再次聆听到那些想入非非者，对他们来说，光无疑让人晕眩，而几乎不是诱饵。凡尘之路上的风险，是失去所有明澈。说到底，也许这还更困难？

如果一个人已没有任何指引，除了一朵玫瑰在一支天使之翅撕裂的折边上微不足道的反射，那这能有什么用？当需要一场火灾才能翻过墙壁时。还是说，再一次，这一切只是令我们着迷的话语，而在日常现实中却如此无力？

离生命太远？像一个逃犯躲在光线中，躲在黎明中。

像一个逃犯藏在晨光中。

*

福隆花园的水声，从一个地方到一个地方，轻而亮，像

---

① 彼得·布鲁克（Peter Brook，1925—2022），英国戏剧和电影导演。

半月之下的寒冷。

*

走在几乎已变模糊、还会消逝的小路上:有些地方,就像走在不会燃烧的余烬上。仍然阳光明媚的地方,有蝴蝶作伴。

走着。小路说着些什么,或几乎像在说着什么,在消逝的同时。

*

照在石头上的清晨阳光,被时间磨损的木头,一种难以言说的温柔——尤其是空气几乎静止,沉默的树叶动着——像一个孩子,在梦中手动了动。欧洲夹竹桃的花一直开着,几周了——只要稍微想想就会发现,这些花儿如此神秘。为什么必须要有花——为了有颜色?那粉红色——无与伦比地:新鲜。或者像孩子们提着点亮的灯笼,参加聚会。大白天的灯笼。但是,土地也会风化,会变形,会有变化,种子的微小变化。它们包含的力量,使它们破裂,冲破自身,长出一条脆弱的茎,等等。

灵魂的种子?在母体里的我们。

泅过地狱之河所需的花朵、种子或铜板。

夜晚,那在河上驾着船的心,想将花朵、种子或铜板,用作灯笼。

"您被装上船……"

就像那个在船前点亮一盏灯的人,如果他晚上冒险进入芦苇间的通道,

你拿着这朵花,好在穿越白昼时,照亮你自己……

即使白天,即使最亮的光,即使非常温和的九月,也不容易穿越……

*

人们不能说的事实,无论是什么,在我看来,都是神秘、让人来劲儿的事物。

*

夜晚快结束时:猎户座用肩一顶,在寒冷的地平线上,很有力。冬天用肩一顶,越过山脉,尽力弄出一条通道——像其他时候,人们可以看到大团白云慢慢上升——像塔。**地狱**的三个巨人。

这不可逃避又缓慢的行程——但它仅关乎一个不真实的数字和几个晶莹的地标。

*

了然一切之前,只听花的建议。

四
1984—1989

选自《记事本笔记(播种期)之四》

*

夕阳西下,花园里能感到冷时,地平线上出现了一弯极其薄、极其锋利的月亮,像一柄冷冷的刀片,一个钩子,但这么说也不对,因为它心口的创伤、小伤口,远非痛苦,而是神奇。过了会儿,它在一片更红的天上,显得更像镀了金。

也许像一颗钻石、一只耳环,闪耀在聚会上瞥见的一个女人因为柔情或欲望,而绯红的耳朵上——这耳环也闪耀在她心里,一样激烈,也就是一样痛苦。但如果说它和一个符号有关,和一种借用自一门更遥远语言的象形文字有关,和无声、突然、超短的动作有关,和一把水晶或冰做的钥匙有关,或者,和能平息一个囚犯或垂死者口渴的一滴水的滴落有关,我也不会感到惊讶。

好像突然有人对你说话,从挂在夜晚岩石上的一块冰川。

*

雪下面的梅兰德山,绝对一尘不染:一座为了纪念天鹅的纪念碑?它不是纪念碑;是大衣(说了一百遍也没用),羽毛大衣,或者是一只翅膀。就像目光,掠过时,尽管在衰减,但覆盖着翅膀,因此找回了童年。也许就是这。既然我远程归来,经过一年多的路程,在记忆中重寻到了这白色的光,在一片更黑暗的天空下,我寻思,它仍是非常遥远的别的东西:是刀片般山脉的钝化,是大地逐渐减缓,兴许是一场沐浴?是牧羊人肩上的羔羊?——就像我们路上的同伴带着他的母狗,狗爪被地上的薄冰冻红。仪仗队伍蓝色横幅上画的羔羊？——那很长一段时间以来都荒诞得失去意义的仪仗队伍。

*

昨晚，再次：朗塞山顶冠冕般的雪上面，是寒冷而湛蓝的天空。更低处是非常暗的颜色，像是田野、花园、道路的浓缩。有种与水的联系，与月亮的联系，特别是与月亮的联系。但是还有呢？从内部被照亮的雪，一种寂静无声、一动不动的光，蓝的深度，在这光的上面和下面。天鹅。再一次，同样的情感，重复着，没有丝毫衰减，像一种话语，永不停歇，因为人们永远无法穷尽其含义，因为它似乎是吹拂到耳朵和心的至为重要者之一。

*

我再次看到山像雪肩上的披风，今天我很乐意穿上它，仿佛我进入了它的秩序。一种更伟大安详的秩序。这沉重、晦涩、厚实、坚硬的东西，似乎不再有任何重量，没有雪鸮的一根羽毛重，似乎不会再受伤或破碎，似乎仅仅来自勉强变厚的天空。再一次，再现梦中的场景，像发圣饼的圣餐礼（这个词不存在，糟糕）。但愿死亡不比这圣餐礼，或它今天的表象，更浓稠吧。我今天在被天空大打开的书中读到了这个；我听了今日使徒书信中的读经。它只是一种状态的水，在空气中重新变得可见，在蓝色中，重新软得柔软、毛茸茸、软和；它也像来自沉默。它更像是天书上刻的字之间的某些东西，来自因为极端的甜蜜而重新变得可感知的沉默。一只羔羊？（我又绕回去了……）也许真的像过去仪仗队列蓝色横幅上的羔羊？雪发出几乎难以察觉的颤抖声。

*

优雅，青春的光芒。就像突然，一个人重新打开了《新生》①的书页:"每个灵魂都被困在温柔的核心",或重读写给圭多·卡瓦尔坎蒂②的十四行《韵律诗》:"圭多,我希望你、拉波③和我",同时完全知道自己不可能再登上这艘船,除了像一个影子,隐形地,与这影子荡漾在波光粼粼水面上的笑语、歌声、欢乐相混杂。彼特拉克也离得不远。那人确信自己靠近了仙女的领地。仙女们手里拿着一根叶子茂盛的枝条,这枝条的抚触,改变着你,仙女们的眼里,有一泓人们想象中可以治愈的水,或一种葡萄酒,传播着一场新醉。

樱桃树几乎不过是雪的翎饰。蜜蜂毫不犹豫地这样思忖,它们飞得快,又数量众多。空气中像有一大群蜜蜂发出金色的嗡嗡声。

蒙特威尔第④的歌声也跟这些新鲜或燃烧的星宿很搭。

*

樱桃树带给我的启发,比思想更深远。我俄耳甫斯式小薄片的抄写员,是它们。地里有一根音乐家的手指深挖过的痕迹。

*

"多声部声乐作品"(madrigal),这个词,在梦境中,我将它与西班牙语的"黎明"(madrugada)相联系,它的精神就是:正在结束的夜晚、黎明、夜的巅峰被点燃的那一刻,天空的皮肤下有着玫瑰红色的时刻。

---

① 《新生》(*Vita Nuova*),意大利诗人但丁的第一部作品。
② 圭多·卡瓦尔坎蒂(Guido Cavalcanti,1258—1300),意大利诗人和哲学家,但丁的朋友。
③ 拉波(Lapo Saltarelli,?—1320),意大利诗人和法学家,但丁的朋友。
④ 蒙特威尔第(Claudio Monteverdi,1567—1643),意大利作曲家和制琴师。

　　　　　　　　＊

这是为了那最后一缕阳光
而在同一个园子的三位夫人
那阳光像香一样袅袅升起
以至于在这荣光中,除了她们的裙裾几乎什么也看不到

　　　　　　　　＊

正午,突然,天空中出现两只飞得很高的雨燕,在一片云彩旁边,云彩是白塔形状,很轻——如同一种我无法形容是怎样的闪电雷劈般神秘的幻象,或者达到了空中怎样的高度,揭开了怎样的领空,是怎样的铁的箭矢射进心里。一种奇怪的喜悦,勉强一秒钟(当再次校阅自己的诗时,我想起了《孤独》中《空气的荒唐丑闻》里的北欧大隼),画在蓝天、然后被抹去的一个字母,一个笔画——或者钓鱼钩的钩子?知道谁能这样钩住你吗?

　　　　　　　　＊

默里克①:《莫扎特的布拉格之旅》,一个短篇小说,有着透明的优雅,配得上它书写的对象。纯粹为了消遣,莫扎特夫妇在一个贵族公园里采摘橘子,这除了让他们在城堡里愉快地歇息外,还让作曲家回忆起童年在那不勒斯看到的航海表演,一种哑剧,哑剧中,恰好也是橙子,从一条船上优雅地扔到另一条船,五个美人和五个穿红衣的年轻人占着其中一个橙子,另一个由穿绿衣的年轻人占着,轻松的游戏,为致敬情欲;读着这篇文章,我呢,我回想起了我正在重新校译的《第二种孤独》中的两艘"音乐"船。在我看来,它们之间有种让人意想不到的关联,而甚至我曾沐浴过的夏日阳光中、诗意流转中的

---

① 默里克(Eduard Mörike, 1804—1875),德国作家,《莫扎特的布拉格之旅》是其短篇小说代表作。

所有这些船,所有这些节日,又与但丁写给圭多·卡瓦尔坎蒂诗中的红嘴鸥有关。

*

写作者将如同用所有夏日之光、夏日之所有装满一只杯子一样去做,然后,他将举起杯子,让它在他手中闪耀——用杯中的一切——他必须在其手指冻住前,完成其言说。

因为白昼之扇已经折拢。

*

莺
夏日最后一只会说话的鸟
在椴树的叶丛间
从远到远,你这样对我说着什么?
到底说什么,能用这么清楚的声音?

只有一种目光,看起来像这水

*

温柔的蜜蜂,没有刺,
像一圈光轮,装饰着这黄莺
或者是树林里清晨的光亮,像光轮装饰着它

*

"月亮再一次对雪说……"但人们总希望这些微光能成形,这些话语变得可触可感。

小伤口、钻石:最后这个冬天我拥有的征兆,还有我背后山顶上的雪,在山脉黑暗和温柔的蓝色中。是徽章、首饰、别针,给那眼看着在黑夜将尽时逃离的影子,那我们拉不住,不会再回到您身边的影子。是月牙或饰物,给裸露的皮肤、被夜裸露出来的皮肤；但也是一种几乎无声的呼唤，是一种叹息，从一张太遥远的嘴里逃脱。

*

有时，我们以为走在一个别处的、未知的空间，它却可能是我们故乡的土地。

*

《让音乐奏一会儿》，普塞尔作曲，阿尔弗雷德·德勒① 演唱。

"音乐，一会儿……"在夏夜的中心，在一个人们能想起的地方，一个可以约会的夜晚，某一刻……但是，它仍然是人们也可以简单命名的东西、一个可以叫做时刻的时刻吗？不是所有完成了的音乐，都是插入可数的时间内部的另一种时间，或者时间向一种更高、更完美度量的转换——从而表明着一种可能的实现。

我们听这首歌的感动，缘何而起？

这声音像只来自别处的鸟
起起落落，在故乡的空气中快速转身。
这声音是温柔、恐惧、孤独，
它给你水喝，却未解你渴。

*

夜。夜莺，或爱意满满的溪流。

*

一个悲伤夏末的温暖之美。

---

① 阿尔弗雷德·德勒（Alfred Deller, 1912—1979），英国歌手和音乐学家。

三日，我父亲去世了，几乎是因为不小心，太累造成的心不在焉。九月七日，在这自远古时期以来一直让人仰慕的乡间，我父亲仍然骑着马，然后骑着摩托车穿过的乡间，在居尔蒂耶的小教堂周围，有像一个冰罩子般的东西，那里，双簧管的曲调，和来自乡村园子里的硕大花朵，似乎联了姻，就像许多葡萄藤，在一种空虚的周围，这空虚，如一根悲伤的柱子。

*

当一个人变得干涸，他是否就触到了骨头？那关于我们究竟是谁这个谜团的骨头。也有可能人们越来越爱皮囊。

音乐，眼睛，用手触摸他。一年中的这个时辰，沐浴在牛奶般的光芒中，仿佛一切都成为成群的牲口，躺在大草地上，仿佛一切都浸透了露水和薄雾，包裹着绒毛。

*

《死亡与女孩》。

绒毛般的光芒中仍然完好无损的脸，如下午隐约可见的月亮一般遥远，却如此清晰。

这已经完结，这像我们所有人一样或多或少没好好爱、没好好被爱的家伙，有片刻，仍然隐藏起了这蛮横无理的死亡。

*

月亮的光，不是月亮本身，突然从罗切古比埃洞穴的底部被看到，在非常高的黑橡树的树干间，像薄雾；起身走近，惊讶，整个杨树林显现出来，呈银色，勉强还算真切。

我们在那里是因为，在洞穴的岩石雨棚下，年轻的德国人,我们的朋友,通过用手在非洲鼓上无休止地拍,寻求那鬼魂附身的状态。他们转过头,背朝山谷。追求不确定的愿景,有时以生命为代价,如果是为了对触手可及的奇迹视而不见,错过与真正仙女的相遇,值得吗?

*

一边想着我的木瓜树果园,一边重读《新生》,但丁二十七岁时所写:

我看到爱在道路中间
穿着朝圣者轻便的衣服……

有一种美源于最为体现拉辛风格的清澈:"天空不比我的心底更纯洁",但还有另一些东西,可能来自一种陈旧的僵硬,或者渗透到叙述中的青春气息。

某个特定时刻,但丁记下来:在经过沿着"一条非常清澈的溪流"伸展的一条小路时,他产生了一种强烈的"说的愿望";紧接着,那首坎佐尼① 开篇的几个词——"懂得爱情的女人们",浮现在他脑子里,他"怀着巨大的喜悦"记了下来,这几个词仿佛来自它们自身。仿佛是"非常清澈的溪流"鼓动他去说,而他的言说本身,又模拟这条溪流,"一条清澈的小溪"。

*

永远不应该,除了因为死亡,
忘记您死去的夫人。

---

① 坎佐尼(canzone),一种意大利抒情诗,诗节形式不一,通常在结尾有一节献诗。

我的心这样说，然后叹了口气。

*

这叙述中不停说到路过的人，人们看见他们经过，听到他们说话；也许，在我们整个西方诗歌中，没有什么离最明澈的音乐如此接近。因此朝圣者，这些被神召唤的过路人，迟早应该出现。是在向圣维罗尼卡①朝圣的时刻（"是在众人将要凝视耶稣基督留给我们的他的圣像，以纪念耶稣令人敬慕的脸，那我的**夫人**②在她至高的荣光中看到的脸时"）："在我看来，这些朝圣者想得出神地走着，我对自己说：'这些朝圣者似乎来自遥远的地方，我甚至不认为他们听说过这位**夫人**，所以他们对她一无所知：他们在想着别的事情，而不是这里的事儿：也许记起了他们遥远的朋友，我们不认识的朋友。'"就像在暂时的恍惚出神中，距离、苦难、路过的主题相交错。"然后我对自己说：'如果我能稍许让他们留步，我会让他们也在离开这城市之前哭泣'"，为此，之后他写下了十四行诗：

噢，若有所思走着的朝圣者，
也许在想着一些不在场的东西……

*

其他水晶般相对应的主题：眼睛和嘴，微笑和泪水，在场与不在场。

---

① 据传，耶稣路过维罗尼卡的家时，她走过去，递给正在流血流汗的耶稣一块面纱擦脸，耶稣的脸容就印在了这块面纱上，面纱被保存在圣彼得大教堂维罗尼卡像上方的阁楼里，迎来许多朝圣者。
② 指圣维罗尼卡。

*

但丁,《天堂》。

在所有这些能带你飞升到远高于你自身之处的段落之间,为便于回忆,简单地说:在第十八歌,贝雅特丽齐向但丁解释了天使的等级——诗人本来可以在讹传为五世纪大法官丢尼斯①所作的伪文本中发现其陈述。天堂九重天被分成三组三个,但丁将其命名为"沉闷":因此从第二歌,他写道:

> 第二种沉闷,借助于
> 夜晚的白羊座无法掠夺的
> 永恒春天,这样地萌芽了,
>
> 永远唱着"上主,求你拯救"……

在凡尘,在我们的世界中,植物会随白羊座的运动而萌芽和凋谢:在上界永恒的春天里,植物们逃脱了白羊座的牙齿。这些奇妙的诗句应该引导我们重读写给"石头夫人"的第二首坎佐尼——《我到达了路线的终点》,其中出现了同样巨大的隐喻:

> 它们的期限超过了
> 那由白羊座的力量催生
> 来装饰世界的长叶期。而死去的是草;
> 所有的绿色枝叶都对我们隐藏
> 除非桂树、松树、冷杉

---

① 大法官丢尼斯(Denys l'Aréopagite)约生活于公元1世纪的雅典人,因为使徒保罗的讲道而成为基督徒。他后来被教会推崇为雅典的主保圣人。在欧洲中古世纪,流行数部神秘主义著作被推崇为他的作品,但经考证,这些著作来自公元6世纪。

或任何保持着青葱的树；
这季节如此艰难与酸涩
以至于扛不过霜冻的花
死在了斜坡上……

更简洁地说，《天堂》的隐喻处于，我有时遗憾，蓬热好像不曾想进入的高度。(为何这里说到蓬热？由于我和他进行了这场长时间的私下辩论，当他想不惜一切代价把马莱伯扯到贡果拉和莎士比亚之上，而且完全忘了提及但丁；可能是因为他不太喜欢教堂……)

*

关于艺术作品令人难以置信的废话不断盛行、繁殖，总的来说，配不上这个名称：如果年轻、脆弱的头脑迷失于此，也不足怪。精神的某种软弱将导致对语言的滥用，无论以何种方式。如果同时读歌德的《亚历克西斯和多拉》，甚至路德维希·霍尔的片段，对比显然是巨大的，而且令人深思。

*

在歌德的一部覆盖年代为一七九一年至一七九七年（他当时四十多岁）的作品中，我记得最牢的是以古代格律写就的那些诗，或诗的瞬间：里边有一种完满：鲜花和水果（或季节，或瞬间）几乎总是与最感性的爱联系在一起，但同时又沐浴在一种奇妙的巨大平静之中，正因为接受了一些遵循古典音律法则的限定。诚然，这是一种平衡，但与其说它是刻意的或通过伪饰获得，不如说是一种成熟。因此整个儿这些诗中的音韵都是最自然的方式；以至于，即使是那些首先出于道德意图的"二行诗"，因为其独有的诗性之美，人们也试图记住几首。巅峰之作一直是《亚历克西斯和多拉》，其中，一个花园，因为艺术的优雅,某些时刻,重新成为了伊甸园。在当今这个愈加破败的世界,人本身将抓住这种完满的一些光芒,将瞥见树叶下一些金色的果实、一些驯服的阳光(特别是在那些野草莓树黑暗而闪亮的叶子下)。

> 生活给人们果实:但很少
> 谁在树枝间致意,像苹果般欢快和绯红。

或者继续:

> 今天,只种下轻飘飘枯叶的你,
> 秋天,在一天之中,以成熟的果实安慰我。

而且,《亚历克西斯和多拉》中的这几行诗,翻译得太不完美了:

> ……你温柔地对我说:
> 把这园子的水果带些走!
> 拿最熟的橘子,浅淡的无花果;海
> 没带来水果,也没带来任何海外的领地。
> 我走进来,你急忙为我摘水果
> 它们金黄色的一捆,让你撩起的裙裾鼓鼓囊囊。
> 我告诉了你多少次:够了!但每次
> 都掉下一个更美的水果,刚好掉到你的手中……

和这首诗结尾的一节:

> 缪斯,够了!您试图徒劳地描绘
> 痛苦和幸福如何在爱人的心中交替。
> 您不能治愈被**爱**施刑的创伤,

但温柔的创伤,噢,你们是唯一的止痛香膏。

之后,还必须有尊严地翻译《尤弗罗西恩》,这是歌德在一七九八年创作的令人钦佩的哀歌,为纪念魏玛剧院一位年轻女演员,她于十九岁去世。

五
1990—1999

选自《翠绿簿》

樱桃树

我有时想,如果我仍然写作,那首先是,或者应该是,为了重拾一场欢悦留下的碎片,这些碎片,或多或少闪烁光芒,令人信服,这场欢悦,我想要相信,它爆发在很久以前的一天,像内心的一颗星辰,将它的尘埃散播在我们身上。还有,这尘埃中有一星半点,在一个眼神中被点燃,也许就是这,最令我们困扰、狂喜,或迷失;但反复想想,比这更奇怪的是,在大自然中突然撞见它的光芒,或者这支离破碎光芒的反射。至少,这些反射对我来说是许多白日梦的起源,它们并不都绝对贫乏无味。

这一次,是一棵樱桃树;不是一棵开花的用清澈语言对我们说话的樱桃树,而是一棵果实累累的樱桃树,在六月的一个晚上,从一大片麦田的另一边被瞥见。再一次,仿佛有人出现在那里,和你说话,却又没有和你说话,没有给你任何示意;确实,有某人,或者更确切地说,某些东西,某个"美丽的事物";然而,如果是一张人类的脸,是一个散步的女人,我的喜悦中就掺入了困扰,并很快有了跑到她身边、与她待在一起的需要,起初无法说话,不只是因为跑得太久,然后无法听她说,回答她,把她带到我话语的网中,或将我带到她话语的网中——一旦开始,运气好一点,又是另一个故事,稳定地或者不那么稳定地,混合着光和影;而一个新的爱情故事已经在此开始,就像春天里诞生于一泓新泉的新的溪流——对于这棵樱桃树,我没有任何欲望与它在一起、征服它、拥有它;或者不如说:就是这样了,我被接近,被征服了,我完全没有什么可期待、可要求的了;这是另一种故事、相遇、话语。还更难把握。

可以肯定的是,这棵樱桃树,从它的地盘被拔出来,被提炼出来,没给我讲过什么大不了的,任何时候,没讲过同样的事。如果我在一天中另一个时刻突然发现它,它也不会说什么。也许它也会保持沉默,如果我想寻找它,向它提问。(有些人认为,"老天转身离开"了那些用他们的等待、他们的祈祷让他厌倦的人们。如果一个人把这些话写在信的末尾,这对我们的耳朵来说,会是怎样吱嘎作响的折磨呀……)

我尽全力回忆,首先,是在傍晚,甚至足够晚了,日落后很久,那时,光铺展开来,超出了人们的期待,在黑暗最终占上风之前。无论如何这是一种恩典;因为获得了一段宽限,延迟了一种分离,减弱了一种沉闷的撕裂——就像,这之前很久,有人擎着一盏灯到你的床边,帮你驱走幽灵。也是一个这样的时刻:幸存的光,从事物的内部散发出来,并从地面升起,尽管它的炉膛已不可见;那天晚上,就从我们一路走来的土路里,或者更确切地说,从已经很高但仍是绿色,几乎是金属色,因此某一刻让人想起刀片的麦田,仿佛这麦田是来了结它的长柄大镰刀。

于是产生了一种变化:这变成光的土壤;这麦田让人想起钢。在同一个时刻,相反的事物仿佛彼此靠近,彼此相融,在这一刻,这时刻本身,也在白昼到黑夜的过渡中,这时,月亮像一个贞女,来接力强健的太阳。因此,我们发现自己被引了回来,不是用威权的拳头或雷电的鞭子,而是在一种几乎看不见又如爱抚一般温柔的按压之下,这按压很邈远,仿佛时光倒流,深入到我们内心深处,朝着那个想象中的时代,在那里，最近的和最远的再次相连，因此世界提供了那些令人安心的样貌，一栋房子，有时，甚至是一座庙宇的样貌，而生活，让音乐来抚慰人心。我相信，正是它们非常微弱的反射再度降临我，就像那缕如此古老，以至于天文学家都要称它为"化石"的光，降临我们。我们走进一栋敞开着门的大房子，一盏看不见的灯隐秘地照耀着它；天空就像一面玻璃隔板，凉爽的风吹过时，勉强振动一下。路是一栋房子的路；草和镰刀构成了一体；与其说狗吠和鸟儿最后的微弱叫声打断了寂静，不如说放大了寂静。一扇包了薄薄一层银的门将它的反光转向我们。就是在那时，就是在那里，在相对较远处，从另一边，在田野的边缘，在其他越来越暗、很快就会比夜还黑、用树叶和鸟庇护着自己睡眠的树之间，出现了这棵果实累累的大樱桃树。它的果实像一长串的红，一串流红，流进深暗的绿里；水果在婴儿床或树叶之篮里；红色在绿色里，一些东西滑进另一些东西之时，一种缓慢和沉默的变形出现之时，另一个世界几乎出现之时。有什么似乎像门扉，绕着其铰链转动之时。

这红色可能是什么呢？能让我如此吃惊，如此欢悦。肯定不是血；如果站在田野另一边的树受伤了，身体因此被弄脏，我只会感到害怕。但我不属于那种觉得树木会流血的人，那种树枝被砍就伤心触动，如同看到人被杀一般的人。这更像是火。然而，没什么在燃烧。（我曾一直喜欢花园里的火、田野里的火：它既是光，也是热，但同时，因为它移动、东奔西突又叮咬，也像一种野兽；而且，更深、更难以解释的是，像地里的一种开口，空地栅栏上的一个裂口，一个难以追随的东西，在那儿，这东西似乎想带领着你，仿佛火焰不再完全属于这个世界：隐秘，倔强，与喜悦同源。这些火还在我的记忆中燃烧，甚至在那个时刻，我觉得，我正从它们身边走过。好像有人偶然将它们播种在乡间，随着冬天到来，它们全部同时开始开花。我不能把目光从它们身上移开。是否，甚至不用想我就知道它们，在噼噼啪啪声中，以枯叶为生？它们是风摇晃的短树。或狐狸，野兽伴侣。)

但那里，那红色没有燃烧，没有噼啪作响；当它在一天结束时，远远地待着，零零散散，它甚至算不上余烬。不同于火焰向上攀升，它流淌着，悬挂着，或像一串红色、绯红色的坠饰；在非常暗的绿色的庇护下。或者，因为它发光和温暖，因为它似乎来自远处，是否还是应该说，它像悬浮的火，不撕裂、不叮咬的火，会与水混合，包含在各种潮湿、软化、驯化了的球状体里的火？像玻璃小夜灯里的火焰？一串驯服的火，嫁给了夜里的水，嫁给了整装待发的夜色，已临近，却尚未发生？

一片无边的温柔，像一阵风，在这一切之上颤抖，越夜越温柔。我相信，我们一年比一年粗糙的树皮，在某些时刻已经柔软了下来，就像大地解冻，让新的水涌到地表上。

树叶与夜，与更远处的河流之间，有某种人们听不到的关联；果实中有一个，与火、与光有关联。田野像一条被风揉皱的苍白河流，那阻止了我们、似乎在田野的另一边跟我们说话的，有点儿像或一直都是，一棵果实累累的樱桃树，走近它，我本可以辨认出变化（正如我们周围的一切，都在不停地成为道路、田野和天空），一种柱子，然而是会战栗的柱子（即使当时它似乎绝对没动），变成了一个天然的小纪念碑，其心口会突然被一次祭献的圣油照亮——它被装饰好，为了某种回忆，关于一串水果，关于驯服的火；以至于看到它时，人们只以为还走在熟悉得不得了的路上时，一切却都变了，一切都有了不同的意义，或者一种非常短暂的意义；因此，当一首歌在一个大厅里升起，或者一句简单的话，然而还不是随便哪句话，在一个房间里响起，还是同一个大厅，同一个房间，人们没有离开它，一样不停地被那毁灭性时光中的琐细工作所折磨，然而一些本质的东西似乎已经改变。那天晚上，也许，无意识地，我感觉自己所活过的时间、光阴，也就是白天，但也是黑夜，已经慢慢渗透到这些果实中，将它们变圆，最后变成紫红色；我感觉这些果实悬挂着，包含了所有这一切，它们自己，则悬在其树叶的庇护中，仿佛被这些绿色翅膀孵化，而这些翅膀很快会变成黑色，刚好比它们睡着时、战栗时头顶的天空还要黑……

我想，本来会有人通知我去摘这些水果，并且让我不要搞那么多仪式。但我也能采摘它们，我喜欢它们在大白天的光芒，它们圆润、健康的脸颊，它们有时酸、有时多汁的味道，它们的猩红色。这是另一个故事，简单地说，在白昼的炎热中，在大太阳下，怀着很快就产生的在其他水果上咬几口的渴望，一些梯子，顺着这些梯子，不是天使在朝着这初夏时分耀眼的天空攀爬，而是比天使好得多的事物……

一种颜色在另一种颜色中，在路过的时刻，路过一个沙洲时——太阳这个运动员让位给那贞女①，她似乎比太阳慢——就像一颗心，像圣像上的基督的圣心？

热烈的灌木丛。

这些树叶庇护下的，一团火，这些树叶自己，更像是睡眠的颜色。和平，舒缓。母性之鸟的羽毛。
这些深色羽毛下孵出的紫色的蛋。

树叶拱门下，一场遥远的盛宴。在远处，总在更远处。

---

① 这里指月亮，因为前面提到月亮像个贞女。

坦塔罗斯①？是的，如果这些水果是乳房的话。但它们甚至不是那个样子。

来自外界的建议：某些地方、某些时刻朝我们"倾斜"，像一只手、一只看不见的手的按压，它鼓励你改变方向（脚步、目光、思想）；这手本来也可以是一阵微风，就像那给树叶、云彩、帆船指引方向的微风。一种影射，非常低声，仿佛来自耳语的人；去注视，或去倾听，或者仅仅：去等待。但我们还有时间等待，有耐心等待吗？然后，真的是等待？

什么也没发生吗？

两只手掌间的火焰，它发出光亮，凉了下来。一盏暗哑的灯。对于一家更好的客栈，有什么样更好的招牌？在那里，可以不需要为感到安全而走进去，不需要为解渴而啜饮？

"在果实累累的樱桃树下。"奇怪的招牌，虽然美，而奇怪的旅人，被幻影牵着，被幻影喂养！他难道不是看起来有点惊恐，有点儿用力，你不觉得他瘦了吗？让那在夏日入夜时，让他想起以往爱抚的风，变得强壮，变得汹涌吧，我怕这风会长时间顶着他干。人们无法用记忆或梦想来保护自己，对抗年龄。也许连祈祷都不行。但谁从不曾对你许下诺言？至少，比那些如此美丽，美到让你无法入睡的诱饵要多？然而，那些诱饵太美了，美到不可能仅仅只是诱饵，他继续想，几乎疯狂地想。

---

① 希腊神话中主神宙斯之子，起初甚得众神的宠爱，获得别人不易得到的极大荣誉：能参观奥林匹亚山众神的集会和宴会。坦塔罗斯因此变得骄傲自大，侮辱众神，因此他被打入地狱，永远受着痛苦的折磨。后遂以其名喻指受折磨的人；以"坦塔罗斯的苦恼"喻指能够看目标却永远达不到目标的痛苦。

绿白色的徽章

雨中长途跋涉归来,透过蒙着水气的车窗玻璃,看到的另一回事是:四月份,这个木瓜树的小果园,因为地里草长高,而免遭了风吹。

我寻思着(以后我会在别处同样的树前,再次这样寻思),当这棵树开花时,没有什么比这更美的了。也许我已经忘记了我故乡的苹果树、梨树。

人们似乎已无权使用"美"这个词了。这词确实被滥用得厉害。不过,我深深懂得那东西。这并不妨碍,当我这么想时,对一些树的这种判断是奇怪的。对于我,一个显然不懂这个世界宏大事物的人来说,我终于想,是否"最美丽"的东西,那让人本能地觉得就像这样的东西,不是离这世界的秘密最近的东西,不是对那有时好像抛在空中,直到我们接到的信息的最为忠实的翻译;它或许是,如果愿意的话,对于用其他方式不能抓住的事物,对于人们进不去但某个瞬间会由它揭去面纱的那种空间的最准确的打开方式。如果不是这样的一些东西,我们简直会因为上当受骗而发疯。

我凝视,我耽于我的记忆。这种开花不同于樱桃树和巴旦杏树开花。它不引来翅膀,不引来蜂群,也不引来雪。整个儿,花和叶,有更坚实、更简单、更平静的东西;也更厚,更不透光。它不像鸟飞翔前那样振动或颤抖;似乎也不像那孕育着一个宣告、一个承诺、一个未来的事物那样,开始、诞生或涌现。它在那里,如此而已。它在,很安静,无法否认。而且,虽然这种开花几乎不比其他开花更持久,但它并不带给目光和心灵丝毫脆弱、转瞬即逝的印象。在这些树枝下,在这阴影中，没有位置留给忧郁。

绿色和白色。是这果园的徽章。

梦想着、思考着这两种颜色，我的脑海里又浮现出《新生》中的一个时刻，这本小书，当我以更晚些的另一位意大利天才克劳迪奥·蒙特威尔第为指引来草写各种短情诗时，就已经想到过。这个标题，果然，向我暗示着年轻女士的形象，她们既有高尚的精神，又有纯洁的心灵，她们以诸如音乐家这样的名义，聚集成群，闲聊着，时而严肃时而欢笑，纯洁但绝非脱离肉身，是当时画作中无处不在的天使之非常性感的姐妹。我看到她们，这些年轻女子，穿着绣有绿色的白色长裙，在我看来，一九五七年版《许珀里翁》①残卷扉页上装饰画《春天》里的形象就是这样（希腊画，如果没记错的话，其中，至少在复制品里，那年轻女子，如果她是在绿色草地的背景里采一朵白色花朵的话，穿着一件确切地说是黄色调的连衣裙），或者波提切利②《春》中植物的形象，以及植物的花冠、植物的花颈（而就是荷尔德林的文本，因其青春洋溢的尊贵感，也会让人想起《新生》）。

但当我重读《新生》时，我不无惊奇地发现，除了贝雅特丽齐两次出现在但丁面前时穿的血红连衣裙，第二次是在梦中，整个叙述中没有一次提到白色之外的颜色，而白色并不算是颜色。文本比我记忆中要朴素得多、难以捉摸得多。这种色彩的缺失并没有因此就使文本变得苍白。它就像是用一种玻璃的语言、一种透明的语言写就；就像听到一首玻璃的赋格曲，没什么能阻止一缕柔情的光从这赋格曲中通过，这光因为遥

---

① 《许珀里翁》(*Hypérion*)，荷尔德林的书信体小说，第一卷出版于1797年，第二卷出版于1799年，是诗人1806年陷入疯狂前唯一出版的书。
② 波提切利（Sandro Botticelli, 1445—1510），意大利画家，《春》是其代表作之一。

远、缥缈，有时令人心碎。而严格意义上说，与借用自具体事物的两个词语之一所作的唯一比较，就是在第十八章中："就像有时我们看到水落下，混杂着美丽的雪，同样，我感觉看到他们将话语说出，混杂着叹息"，所以求助于最轻松、最清澈的题材，求助于那些必然会被拿来与口语相提并论的题材；同样，这不是偶然，如果从下一章的开头起，如同作为回音，但丁这样写道："然后，突然，在经过一条有非常清澈的溪流相伴的路时，一种说的意愿抓住了我，以至于我开始考虑如何动手干起来……"此外，一切，在这里，只是脚步和话语。但丁经过，说话；他听到欢笑、哭泣、话语。在《神曲》中，在无限宽阔和严酷的风景中，他将不再做其他事情；但脚步会更坚定，邂逅会更多样、更庄重，话语也更确定、更深刻、更饱满。

我必须靠近这些树。它们的白色花朵，稍微带点粉红，让我依次想到了蜡、象牙、牛奶。它们是悬挂在这绿色房间、这安静房子里的蜡印章、象牙勋章吗？

它们还让我想起曾经在教堂的玻璃钟下看到的蜡花，没真花那么容易腐烂的装饰品。之后，很自然地，这个"简单而安静"的果园，就像魏尔伦的加斯帕尔·豪泽①在他的牢底梦寐以求的生活一样，在我看来就像一座青葱中的白色教堂，路边有个简单的祈祷室，屋里，田野里的一束花在继续独自祈祷，无声地祈祷，为了那个某天将它放在那里的路人，他曾用一只虔诚或也许因为默记着苦痛或朝着快乐走着而心不在焉的手。

---

① 加斯帕尔·豪泽（Gaspard Hauser）是 19 世纪欧洲一个谜一般的人物，他被关在地窖里直到 17 岁，由一个陌生人喂养。1828 年他被人发现游荡在纽伦堡的街头，穿着农民的衣服，拿着一封写给一位骑兵上尉的信，1833 年，遭到暗杀。魏尔伦写有一首诗《加斯帕尔·豪泽之歌》。

绿色和白色。

"是的，就在那时，那些单纯而美丽的绷缀鸟从山谷到山谷，从山丘到山丘，扎着辫子，不戴帽子，只穿着那些必要的衣服（为诚实地遮住贞操要求遮住、一直要求遮住的那些东西），戴着那些必要的装饰品……它们是几片叶子，由绿色牛蒡和常春藤交织在一起……"

因此，堂吉诃德在惊讶得目瞪口呆的牧羊人面前想起了黄金时代。后来，在埃布罗河上一次他以为会很开心却令人恼火的游船冒险结束时，他将欣慰于与一位美丽女猎人的相遇："因此，第二天，日落时分，在森林出口处，堂吉诃德扫了一眼披上绿装的牧场，在牧场尽头他看到几个人；走得近些之后，他认出他们是本事很高的猎人。他又走近，看到一位和蔼的女士骑着一匹中世纪君主乘骑的马，或纯白色的小走马，马有一套绿色马具和一个银色帆布的马鞍。这位女士也穿着绿色的衣服……"

对黄金时代的怀念、田园诗、牧歌：这并不荒谬，除却在这另一个果园前，我遐想联翩，想到这些。塞万提斯第一个嘲笑这个，但他投入了太多的技艺来重新创造它们，为了让自己完全对它们失去兴趣。当然，对杜尔西妮的祛魅，不是一部关于背信弃义术士们的作品，而是成熟、清醒、客观的凝视使然。正是这同一种加剧了的祛魅，后来将把莱奥帕尔迪引向绝望的边缘。然而，施魅是存在的，它仍在发生，即使在我们历史上看起来最无情的时期；我们一直是这些魅惑的受益者（也是受害者，如果愿意的话），我们还不能从这个世界拿走关于这些魅惑的梦或记忆。弗洛拉的胜利没她的溃败那么真切吗？还是仅仅是更短暂？这是一辆在小径上前进的战车，装饰着歌声和笑声，人们无法阻止它消失在树林一角，某人自己已爬上战车，就像已经很遥远的夏日。因为战车没有停止，因为派对结束了，因为音乐家和舞者迟早会停止演奏和跳舞，应该拒绝他们的馈赠,蔑视他们的恩典吗?

绿色和白色:所有颜色中幸福的颜色,但比其他颜色更接近自然,乡村、女性化、有深度、新鲜而纯净的颜色,与其说沉闷,不如说有保留的颜色,看起来相当平静、让人安心的颜色……

因此,一些模糊的影像,来自现实世界或古老书籍,与我脑海中的快乐混合在一起。在这里,一些女性形象勉强能与装饰着她们长裙和头发的花朵或树叶区分开来;她们只想要将你引入她们的环舞,用她们的歌声包裹你,让你免受打击,治愈你的伤口;动听、治愈,是的,完全就像《唐璜》中泽林娜在马塞托面前那般,像泽林娜那般,或者泽林娜的神情(它们完全是一回事);动听,甚至令人晕头转向,很可能是欺骗性的,但有时,人们喜欢欺骗,胜过直接。

我确信,在任何果园中,人们都可以看到完美的居所:一个布局怡人、墙壁多孔、屋顶轻盈的地方;一个为达到光影结合而如此精心布置的大厅,以至于每一场人类的婚礼都应该在此庆祝,而不是在这些由那么多教堂变成的坟墓里。

而这个果园,一半绿色,一半白色,它是乡村婚礼和春天节日的徽章,芦笛和小鼓的音乐仍然被残留的薄雾所掩盖。

奇怪的派对,古里古怪的田园诗,既然我们没法和这些仙女跳舞,甚至牵她们的手一小会儿也不行!

这些蜡做的印章,如果它们盖在一封信上,为了读信的内容,我是否该将它们掰断?

坚定、昏暗又宁静的颜色;没有什么在震动,没有什么拍打着翅膀,甚至没什么在颤栗。就好像运动不再存在,或者还不存在;然而也不是昏昏欲睡,更不是僵硬和凝固。这些宗教仪式用的大蜡烛,如果是大蜡烛的话,却无法守灵;这些普通蜡烛既照不亮一张床,也照不亮一本书。而且,它们燃烧不了:那仍会是太多的跃动、狂热、焦虑。

我将在其中啜饮的这个世界,有很多东西,它们会防止我干涸,有很多东西,拥有笑声的轻快、眼神的澄澈。这里,草地中一眼泉水半隐半现,除非这是一泓乳汁之泉,也就是说……但是,这周围的脚步应该再也听不见了,精神和心灵应该慢下来,或几乎忘记自己,在即将受真福而消亡时,在肉身即将以我们不太知道是怎样的一种方式消失时:就像出于纯然的好意,有人向你提议了一种食物,没水那么轻快,那么透明,是因为其动物性的来源,而变得浓稠、不透明、软化了的水,一种没有污迹但比水更温柔的水。

在所有颜色中,有可能绿色是最神秘,同时也是最安抚人心的。也许它在自己的深处调和着日与夜?以青枝绿叶之名,它讲述着植物:一切都是草地,一切都是叶丛。对我们来说也就是:树荫、凉爽、瞬间的庇护所。("不要将你的心寄托于这瞬间的庇护所",在《江口夫人》中,交际花向僧人建议,这我十六岁时读到的能乐①,永远不会忘;但如果,相反,我们再也不想挣脱它了呢?)

当我经过时,谁能把这递给我,谁能猜到,在我得体的外表下,我可能只是一个乞丐,我可能很渴?但我不认为那高脚杯后面有一只手,所有的谜团就在这里。这一次,没有任何女仆,谨慎地站在大厅最暗的角落;甚至她也没有变成

---

① 一种日本传统戏剧。

一棵树,就像为了逃避神的贪婪所做的那样。就好像现在不再必需,或者至少在那一天,那个地方不再必需,而女仆在你心里。

路过时,一个问候,来自那想要问候的空无,来自世界上最不关心我们的空无。那么,为什么在这片天空下,那无声无息的,会对我们说话?是一种记忆重现?一种应和?甚至一种承诺?

视线的移动,如同鸟儿们的移动,重新缝缀着宇宙。

路人经过。路人饮下这阴影的乳汁,在四月,用他们的眼睛。

也许这些平静的树叶孵化了真正的蛋,象牙色的、复活的蛋?

或者,只画这棵树,很快地画,我将画出最后一个天使,我们唯一可以信任的天使,因为它来自黑暗的世界,来自地下?

似乎比其他天使更质朴,更像牧羊人的一个天使?

甚至我们也曾这样站起来,为迎着天空,模仿天空,举着一只象牙的高脚杯。只要我们隐藏起那些足够平静的叶子。

一个事物越不容易上当受骗,就越美。

这是"牧歌"最后的回声,人们在听觉的极限下,勉强能听到的一声召唤,因为那杯中流出的乳汁,比任何水都更静谧。

选自《多年以后》

小村庄

夜里,带着热病般的强烈,我又想起了散步的其他画面;是在某一次这种梦的结尾——梦中,我希望某个潮湿且柔软得让人眩晕的结永不解开。这一次,它一直是现实,是世界的一小块儿,同时是一种幻象,奇怪得让你想要流泪(因此,不是在那一刻,而是在随后的夜晚,一个我们确实曾走过的遗失的谷底,面前那些无法抓住的画面,如同我又想起它们。)

一个声音对我说话(不是那只布谷鸟的声音,那透过雨水——这唯一囚禁它却不阻止它叫唤的笼子,三番五次让人感觉到的布谷鸟的声音),很奇怪地说:"让它通过……"——就像涉及对于胜利或解救至关重要的秘密,讯息不能公开散播时,对部队发出指令一样。没有人说这句话,除了那个地方自己,那个我也曾走过的地方。而且,它们不是一些言语、一个讯息,只是路边的一种喧嚣,就在地面之上一点点,比我的头高一点点。

这地方的名字没啥可说的,即使是它的首字母。那里有四五个农场(其实,我几乎看不见,准确地说这已不是一个看的问题),真正的农场,在它周围看不到任何人,很可能是因为星期天。不是废墟,由非常古老的墙壁建成,完全没有修复、改建——如果那里,举例说,曾经存在过,一辆双轮运货马车,或者它仍用来运输饲料、厩肥,或者人们会任这二轮马车年久失修,但无论任何,人们都不愿"救"这马车,以让天竺葵在那里，威风凛凛镇坐于一片草坪中间；这农场有非常古老的石头和非常古老的树林，就像周围的果树有着老树干和鳞片状剥落、粗糙、疲惫的老树枝。(在山上更古老的石头城墙后面，在险些要变成墨色的灰色天空下面，我并没有观察到这一切，都是我猜的，而山足够高，以至于北坡上，留着点点积雪。)

这些农场前，有草，已经又高又茂盛。几乎可以说很冷了。是星期天。要让这些可知可感，丝毫不需要教堂：被听见的这些话语、这种种话语，我寻思，是不是、也许就是："以主之名来临的、被赐福的"，让那信使得到神的赐福吧，他来自山口另一边，经过森林中开辟出的陡峭而泥泞的小路而来，而森林，废弃得如同一片片树木的废墟。

这种不是喧嚣的喧嚣，这即使风吹拂起来也不发出任何声音的喧嚣。如果它仍是话语的形式，它也可能是从有些桀骜不驯的青春期开始就从未被遗忘的这句："有时，我看到天空中无尽的海滩，被欢乐的白色国度所覆盖。"青春期时，人们有时梦想着以这句话为方向；只不过这喧嚣不是在天空中，只不过它沿着自己走，用手触摸自己，穿过自己，将你包围……

星期天早上，没有任何钟声，没有布道，没有堂区。在这些看起来和山一样古老、一样真实的破旧房屋周围，在这疲惫的地方，仿佛年轻女孩的聚会什么都没有留下来，除了女孩们的白色皇冠，挂在浓密的枝叶上。她们自己应该也走了；只有已消逝的她们的画面、她们芬芳的缺席，持续了下来。就这样，在这之后，我们通过了一道门槛；然后，也许，幻象开始了。

"让它通过……"你从这里通过，从这条路通过，但那又怎样？是怎样的指令？我正试图谈论什么？谈论一个已经丢失的山谷中，四月的一个星期天，樱桃树、苹果树、梨树盛放的古老果园中间，几个分散的农场；山楂树篱笆保护着的草地；灰色的天空下，仍然寒冷的天气里，特别是我们到达了一座相当高的山的山脚下。所有这一切，包括房屋，都没有年龄，除了季节的年轮；然而，在我隐约看见它们时的那种形式下（但我们不再为此伤怀），它们又昙花一现。

一种喧嚣，完美地沉默着，比你的头高一点。一种没有任何重量的丰富。成千上万的小东西散落在周围，看来周围一定有个养蜂场。而蜂群，在它们犹豫不决的旅程中，几天都一动不动，束手无策。

或者洒上一点圣水，以赐福与灌木丛相似的这所有生锈的废金属、这些多节的骨架和经过这里、心怀痛苦的任何人。

跨过门槛，如果一个人服从指令，是否该认为，那曾打动其心、躁动其身的，都留在了这边？比如，那一定会点燃周遭的欲望、那些游戏、年轻女教民的笑声，如果她们没有太早消失的话？阵阵旋风引起的慌乱，一袭长裙挑起的劲头，一头长发引来的迫不及待，那些她们藏起又揭秘的东西？或者远不止于此（仍与芜杂、幽暗、我曾难于走出的梦相牵系）：温柔的嘲笑、分开的痛苦、仅仅松开片刻的手、担忧、怀疑、怨恨、生气，星期天早晨与其他舞蹈混合在一起的所有这些情绪，像愈发褪色的一周中的那些傍晚？

甚至，跨过门槛（进入幻觉时刻），难道不会是把一切都留在了这边，直到只剩下更中庸、更普通的感觉？因为在某种程度上，已然猜到那里将不再有颜色、跃动、香味、脸庞；猜到我们将从这个谷底被卷向更远的地方,尽管这谷底曾以确凿的、无可辩驳的精确,处在我双手一直握着的这张地图上。

那里,就是那无语之语什么也没说就传达着的信息吗?"不要理睬这世界,走过这山口。""向我们告辞。"

正如第一阵风中的蜂群,会在一阵旋风中四散、耗尽吗?(会的,为了变成另一群越来越隐晦、越来越平静的蜜蜂。)

对于风中最微弱的指令,如果最温柔的恩宠已消散,没错,那不就该无视不理了吗?

这是一种听的方式,听这小村庄似乎在说着的话,对因为四月一个寒冷的星期天,而在村里逗留了片刻的人。一种放任自己被带走、被指引、被激发而不太寻求弄懂什么的方式。

果然,有可能它触动我们,不止于眼睛、身体、心灵,甚至思想;至少,这个地方和这一刻,让如此这般彼此交织的,以及与它们相联结的我们其他人,生出比所有这一切更远的根。顺便说一句,我们已快要相信这个了……

(我们又想象,正是因为我们没有跨过门槛,没有放下我们的痛苦,眼中才会涌出这么多泪水,就像外面闪耀的花朵那么多。大地的所有悲伤都像汁液一样,在被年龄困扰的眼眶升起;这是所有水中最神圣的水。黑夜来临,有时我们感觉散落在天空中的,正是这些泪水。

"让它通过吧",那天早上,连大地也这么说,用它那并非一种声音的声音。但还有什么呢?怎样的指令?

终究,更确切地说,人们会预感到,这不是一种放弃——如放弃多余的行李或衣服一般，放弃身体、心灵、思想从这世界领收到的一切，以到达一个人们不太知道是什么但很有可能会显得半透明、幽灵般的冰冷地方，而是一个脚步，在它之后，没有什么关于门槛这边的、山口这边的，会丢失，而是相反；在那里，一切：所有时间的、生命的、生活的厚度，以及它们的重量、它们的黑暗、它们的撕裂、它们的心碎，一切都将被拯救，将别样地存在着，以一种人们只能希望、只能梦想、几乎无法隐约看见的方式存在。

远行者的思想，只要一件簌子的大衣稍稍将它包裹。

博物馆

一只有把手的细颈长瓶

这花瓶上只有一幅勉强摆上去的画面，
一张勉强可以辨认的脸：
"弹里拉琴的年轻女孩"。

仿佛一个影子行走于雪中
或者一个词的模糊回声
透过一袭窗帘被我们听到，
或者拥某人入怀，如怀抱一把里拉琴。

在这离死亡很近的悲惨之地，
在长满斑点的手上，倾斜这花瓶，
是否待揭去面纱的画面，最残酷，或
最温柔？

我害怕那时，没有诱惑可以忍受，
会来撩拨我们和填补我们这么长时间的
女人手中的里拉琴，少之又少。

我相信不会有其他灵丹妙药
除了所有断绝了的联系，某些
好似一天额外奖励的东西。

像月亮的手放在额上的某些东西,
或者还要少:像在苹果树
雾蒙蒙的笼子里,看到一个苹果?
像一个苹果,有着黄昏的颜色
在剪下来的床单中?

一个脚步来到这里,那单调的脚步声
让这些词四散,如惊恐的鸟儿
或把这些词变成苍蝇,在被围攻的头周围,
比脚步的靠近更糟。

应该从巢中掏出的,是这里这只勇敢的鸽子,
只有它!但是我们中谁能召唤它,
谁还知道它的名字,如果它有,
谁还有眼睛,可以经受住去看它?

伊特鲁里亚①的女士

人们发现她半躺着
像在吃饭
在她自己的骨灰堆上。

她手里拿着一把扇子
有着叶子的形状。

所有这一切,好多世纪以来,一动不动,
一个土瓮,粉红色,
还有其他东西
让我们有了一种温柔的敬意:

一个小盒子,甚至不是很重
也不很坚固,
正如人们会看到一个香脂盒
上面印有一个生气勃勃美女的肖像
在她的洗手间里;而不远处,是她的镜子。

这个女人是一个男人所有的爱
是托斯卡纳的一季,或一生,
在仍然照亮我们脚步的同样的阳光下。

但镜子不需要再害怕
她的气息,

---

① 伊特鲁里亚是位于意大利中部的一个古代城邦。

叶子形状的扇子
也不再需要遮住任何羞耻的脸红。
她应该忘了微风是什么……

然而,多么奇怪,这些死去女人的形象,
仍然唤醒了一种模糊的爱
在我们所变成的影子中!

空旷的凉廊

圣诞节前几天，我们收到一张 A.C. 寄自意大利的明信片，说她想在假期后见到我们；这张明信片上有个细节，之前我从未留意过，从乔托的《天使报喜》到斯克洛文尼湿壁画：一个空的凉廊，角落里有个木制的 T 字形支架，撑着一面浅米色窗帘，窗帘下端掖进两个哥特式窗户之一的角里，好像是想避免这窗帘掩住窗户和随风飘浮；在有三个重叠的粉红色挑檐的凉廊后面，和凉廊左边，能看到蓝蓝的天空，有一些云彩，如果那不是墙上潮湿斑点的话。但我相信不是。我立刻被这个空旷凉廊的新鲜和神秘所感动。这张明信片端坐在壁炉的架子上，在一堆杂乱无章的贺卡中。

十二月二十九日至三十日的那个晚上，我们本该和A.C.一起庆祝新年的，还有她的同伴和其他朋友，她却死于一场车祸，就在这附近，离他们正在为自己建造的房子不远。因为这是习俗，因为我们不想逃避，尤其因为，不管这看起来多么荒唐，我们也不想扔下她独自一人，所以我们去了格里尼昂临终关怀的太平间，在那里人们让她躺在一张他们称之为冰桌上面，如果我理解正确的话。这很难直视。第二天就更是如此了，当他们再次试图让我们看棺材中的她，赶在棺材重新合上、"封铅"，以送回英国之前——仪式的主人站在后面，无动于衷，似乎在等着我们祝贺他的"安排"，或者定下日子。她一直有着被太阳晒得金黄的面色，虽然她最常居住在雾雨之城，现在，她已经黄得像蜡了。人们再次明白，身体只是一个外壳，美丽和优雅都是向这躯壳借来的；从心脏停止跳动的那一刻，这具身体就不再是她的了；她，我们曾经认识的这个人，如果她还能有任何存在的方式，无论是什么，她都已经远离了，不可能再与我们眼前出现的这无法命名者有任何关系了（她和刚刚击中她的无法命名的偶然，有任何关系吗？）。她会不会在别处绽放，别样地绽放，在她如此平静、如此迅速地在我们的天空下、活人的天空下绽放之后？

我将壁炉架子上那堆轻飘飘的贺卡拿起来。把那张背面有她写给我们的最后几行字的明信片放在一边。很自然地，尽管我不太相信梦、预言，更不相信装神弄鬼的星相，无论说好说歹的，但我现在禁不住去看乔托壁画上的白窗帘，它就像一张抽走了尸体的裹尸布；而凉廊后来真的是空的了，那年轻女人再也不会在那儿露面，再也不会在那儿，为那似乎使她面色温柔的东西而欠身了。这一次，这个画面完完全全变得神秘。它被刻在了，它将永远刻在这样一个场景里：其中，一个严厉的天使，给一个静止不动而严肃的年轻女人，带来一个我们都知道，却很少有人继续相信的消息，即使他们仍被它触动。对我来说，这个画面以后将与另一则可怕的新闻有关，与一个天使都（至少可以说）看不见、无法抓住的场景有关；那场景中甚至没有魔鬼（总的来说，它们的存在更像是一种安抚），只有黑暗、黑暗中的一记鞭打、一种黑洞、一种人们不能理解的无法命名之物，黑夜中的崩溃。然而，我看到这个明亮的、打开的凉廊（像一个青春的身体一样涂成象牙色和粉红色），背景的蓝，以及拉开的窗帘（空的裹尸布，一部分折叠）。我们永远不会看到任何人，倚靠在这些狭窄窗户中的一扇或另一扇上。安德里娅·C.（她是否仍需带一个意大利的姓？），尽管我们如此了解她、爱她，也不会出现在任何窗户，出现在这世界的任何天空下了。（而且，同样的事也会依次轮到我们每个人。）但我奇怪地继续看这蓝色，它从侧面进入敞开的凉廊，这凉廊像一只杯子一样，斟满了这蓝色。有时也很奇怪，似乎天空的蓝色和作为天空居民的鸟类之间，没有太大区别。

应该让安德里娅两只晒黑的手中似乎总是拿着的快乐杯子在天空下仍然流传。

不妨碍：她身处的地方，可能比一直在雨雾中更糟糕，那她曾憎恶的雨雾，也是她曾梦想生活在南方的原因。但这只是一种说法，我知道。一种尚未说出她已经不在的方式，没有任何方式能说出，我们关于雨和好天气的永恒故事都和她无关了，甚至我们永恒的光与影的故事，也一样。我们从一个地方到另一个地方的行程。每天早上，晨练时，我们伸展肌肉，我们松弛关节，越来越不容易。我们的忧虑，我们的安慰，我们的愤怒。她已经一劳永逸摆脱了所有这些需要背负的重量，无论它们是黑暗的还是明亮的。它以一种让你恶心的方式完成；伴随着也令人作呕、以另一种方式令人作呕的情况。

以往的人们在其战斗中，戴着胸甲；不是我们（我们甚至不会再承担重负）。对于他们的精神来说，也有思想的盔甲；此外，人们明智地让他们从童年开始就习惯了战争。我们的胄甲只有缺陷，我们因此而备受打击；我们的思想更像是掉转头来，反抗我们，像许许多多的箭或长矛。

再一次，我的思想逃走了，瓦解了，在这死亡面前。好像在它面前，不是所有话语都能存在，或者有可能存在，除了眼中的尘埃。该是黎明金色的尘埃吧。为了屏蔽、隐藏、掩饰那难以忍受的事物。（而在痛苦的程度上，还有更糟的，人们知道；更慢、更迂回、更难看。）

有人希望能够说：跟着我。我向你敞开这扇被遮掩的门。

至于我,那是我无法通过的地方。所以我不知道它朝着什么方向。但让它成为一个空间,你的手臂不会再失去其黝黑的地方。光芒中的一种流放、一种囚禁。

多年以后

多年来，我们周围的，近的或远的，世界上的事件（但不再有什么是真正遥远的，至少在某种意义上，如果也不再有什么是近的话），那被称作历史的：就像山脉（我们本会在其脚下生活的山脉）在开裂，在摇；甚至，我们仿佛到处都看到它的墙在坍塌，地面仿佛将沉陷。

然而，说到这，说到历史，毫无疑问：这涉及（人们将要经历的）近一个世纪的人类历史；确实是，数量可观的一大群人，一种山脉，其思想难于拐弯，其心灵难于支撑重负；而如此多的废墟、公墓、歼灭营，那本世纪最显眼的纪念碑，是另外种种阴森可怖的山。还有战争的迅速扩散、对所有规则或快或慢的侵蚀，以及敌对规则之间的激烈冲突。所有这复杂、巨大、纠缠的一切，阻挡了你的视线，使未来几乎完全模糊不清。

这应该已经，或者应该会改变我们的思想，也许我们的行为，这一点我们看得很清楚。然而，无论对或错，从青春期开始，那对我来说最重要的，现在依然如此，完好无损。

此外，对于那些仍然继续活着的人，在这些山脚下受到保护的人来说（对我们许多人来说，这世上，迄今为止，没有更多的，只有山脉险些要被挖空这一混乱的预感，只有不幸，存于这世间）：这些年，如同在未来一些年，在人们自身内部，和在其命运或宽或窄的框架内，是多么微不足道，多么短暂，就是一团雾！正如与本世纪的历史相反，我们生命的历史，那唯一构成我们内在部分的，看上去很低微、很可笑，几乎不真实！真的是山脚下的一缕烟；而且，甚至正因此，与大众、大众运动几乎无法相提并论；太低微，几乎不值得引证，不值得考虑。

许多年：对世界来说，是大量的人与事；对我们来说，几乎什么都没有。但是，尽管人们一步步接近着那无人跨越的极限（大约已是三千五百年前，那酒馆女老板对吉尔伽美什①说："从最古老的年代开始／从没人跨过这片海！"），你身上仍有种固执的直觉（甚至也是源自这个事实，源自那团雾、那缕烟的事实）：你直觉上有或者希望有另一种方式，来计算、来称量，有或希望有另一种对现实的衡量标准，存在于我们和现实产生的关系中，一旦现实以某种方式，对于我们某些内在的部分（不管是什么）来说成为了现实。

许多年，也是这么少的几年，当不幸如此沉重时，我们这些他者没有了其他任何重量。一切似乎都安排得这么糟，或者说规则被如此滥用，以至于我们每人身上的最糟糕之处（这种同时也是生活本身的暴力），越来越经常地，利用这种堕落，从最低处向上爬，与另一个人身上的最坏之处结盟，来腐化最好的。

这一切已经太明显、太鲜明了。而且还如此炫耀，如此高声叫喊，以至于许多人习惯了它，每个人都可能对其习以为常。然而，通过奇迹也好，愚蠢也罢，残留于你身上的，从另一个角度，人们会突如其来地暗中发现，或将要发现些其他东西。从很小时，人们开始看到这些品质，如果，这么多年后（活过的这些年，让这段生命卑微），人们又看到了，是因为还

---

① 吉尔伽美什是苏美尔英雄史诗《吉尔伽美什史诗》的主人公、乌鲁克第五任君主，统治时间约在公元前 27 世纪。酒馆女老板其实是智慧女神的化身，她辅助并指导吉尔伽美什认清人世美好，规劝他不要追求虚无缥缈的永生。

没有足够成熟,还是相反,因为人们已能立即看明白,因此应该不知疲倦地回归儿时,一直到生命的尽头?

至少,任何仍在写或读所谓诗歌的人,都沉浸在类似的直觉中;如此不合时宜,以至于他有时自认为是一个可笑的幸存者。

那些以别样方式看到的东西,那些以某种方式,从我们自身内部看到的东西,尽管在外部也能看见,却似乎将我们最隐秘的东西加诸我们,或者只向我们内心最隐秘处完全敞开。

在这个事情上,所有的表象都和我们对立。也就是说,没有任何希望抓到它们的过错;仅仅除了当其中一些,如此渗进我们内部,在我们身上继续这些美丽的路。

对冬日天空仓促的玫瑰
我们致以这几乎
握在手中的余烬之火。

("它没有任何意义",他们会说,
"它什么都治愈不了,
甚至擦不干一滴泪……")

然而,看到这,想着这,
那刚好抓住它的时刻,
和刚好突如其来被抓住的时刻,
难道我们不是,没有动,就
超越最后的眼泪,迈出了一步?

就在冬末
仍有这忠实的,
就像最早的花:

一种清新,像雪,高高地在天空,
一种横幅
(唯一可以让人同意参加到它麾下的),

一种清爽的布料,会在最高处
展开,怎么说呢?
不容置疑!虽然在蓝色的天空看不见
仍与世界上可触摸的事物一样确定

我不知道,我不知道说什么
除了它似乎,某个晚上,在很高处展开
在视线之外,
甚至没有展开:
在那儿,敞开心扉
(这言不及义,或言过其实,
但既不能忘了它,也不能对它沉默)。
布的飘动,非常高;几乎到了世界之外,
这会让此处的你,额头上
阵阵清凉。

它不是雪,
不是白色或蓝色的横幅

也不是什么可以真正炫耀的东西:
没这么高的地方给这样微不足道的东西,
甚至没有给鸽子地方!

这也是为什么它可以逃脱
各种猎人。

(如果从这儿经过的这些影子
它们的面孔同样悲伤,
会对那些不能被看见的事物变得视而不见吗?)

而终于，到了最后的弥撒：

只折叠这些书页，这些布匹，
好让人们只听到，一种窸窣声，
源于这种关怀，很远，来自空气。

选自《记事本笔记(播种期)之五》

*

当然,无论我仍继续什么样的道路,冒险走进什么样的迷宫,如果有某条面包屑路径帮我从中解脱,那将是某些词语构成的路径,不一定宏大,但清晰,就像湍流的水。我在湍流中饮水,用唇前我的孩童之手;我跨过它们,凭借我孩童之足短暂的冲动,在这些长满矮草、点缀着石子的斜坡;如此寒冷,以至于这些斜坡似乎是从山脉白雪皑皑的心房喷射而出,就像《情书》中所写:"用于雪道……"如果这条面包屑路径没有中断,我就不需要更多的了,今天和以后都不,"此刻,在我们濒死之际"。

*

重新翻开一九六八年八月的一个笔记本,上面我曾随意留下些关于五月事件的标注,这个事件,我曾远远地跟随着,然后依照我天生的倾向,立即对其作出了保留性的判断。关于这个事件,今天我只想记起我阅读那年夏天出版的第六册《蜉蝣》时的反应。

令我震惊的是,在我过去最钦佩、现在仍最钦佩的作家中,三位与我同时代的作家,而且其中两位是这本杂志的编辑(另外两位,博纳富瓦[1]和皮康[2],保持了沉默),路易-热

---

[1] 博纳富瓦(Yves Bonnefoy,1923—2016),法国诗人、翻译家和评论家。
[2] 皮康(Gaétan Picon,1915—1976),法国散文家和艺术评论家。

内·德·弗雷①、安德烈·杜布歇②和雅克·迪潘③,是相当隐密的作家,我从未见过他们参与政治辩论,却以同样的热情致敬这一事件——这种热情,很可能,即使在现场,我也不会分享;此外,他们每个人,都意味深长地相信在其中看到了梦想实现,即使只是在几天中,这梦想本身,让其作品具有了磁铁般的吸引力:德·弗雷,一个《像孩子嘴里的真相一样说出的乱七八糟的词》,杜布歇,一个新的《假期》,迪潘,一个《手势的起义》……这些书页,在当时震撼了我;我一定隐约对自己感到羞愧,没卷进这场带着狂热希望的浪潮。但我记得,继续读这本杂志,我掉进热内·西费特④翻译的松尾芭蕉的游记中:《世界尽头的小径》⑤;我还记得,我没有多想就立即对自己说,这狭窄的羊肠小道,是我唯一渴望毫不克制去追随的,也是唯一不会让我发牢骚的。从开头起,从第一声"拉弓演奏"开始:"月份和日子是永恒的过客,流年同样是旅人。那个在船上航行了一辈子的人,那个手放在马嚼子里的人,上前迎接衰老,日复一日的旅行、旅程构成他的归宿",我被吸引,"云的碎片屈服于风的邀请",在这种接受中,准备好,进入所有的驿站、所有的路过,甚至进入分离(就像人们如此经常地被另一种旅行者吸引,更忧郁的,舒伯特那种)。这里,没有对父亲的反抗;但对过往纯洁的崇拜,如同千年之碑,"揭开旧时精神的面纱",使旅行者流下眼泪。在我眼中,这些东西可能是一个巨大帐篷的短木桩,或者一张蜘蛛网的附着点(茹贝尔⑥曾写《世界如蜘蛛网般形成》)。这篇散文、这种诗意的绝妙之处在于,它不停地围绕着我们编织一些网,而

---

① 路易-热内·德·弗雷(Louis-René des Forêts, 1916—2000),法国作家。
② 安德烈·杜布歇(André du Bouchet, 1924—2001),法国诗人。
③ 雅克·迪潘(Jacques Dupin, 1927—2012),法国诗人。
④ 热内·西费特(René Sieffert, 1923—2004),法国翻译家、日本学教授。
⑤ 20年后,文本《致谵妄的女人》重新出版,这次由雅克·比西翻译,其中有几页的标题是《幻觉的隐居地》。——原注
⑥ 茹贝尔(Joseph Joubert, 1754—1824),法国作家、论理学家。

织成这网的总是轻盈的绳索,似乎为我们提供了唯一真正的自由。

※

在幸免了火灾的幼小无花果树上,第一片绿叶,像一只新的凤凰。在西勒修斯①之后,人们比以往任何时候都更想反复说:"上帝是草地的绿色。"

※

如果我把注意力重新集中在真正对我举足轻重的事情,也许我会发现自己倾向于将努力限于最后的赞美,限于其他一些"有翅膀的话语",超越所有想象得到的辩论和心灵为自己建立的所有迷宫,或超脱于它们之外。让九月的这些日子,排成清晰的队伍,在内心的天空经过,让这夏末拍打着翅膀,装上新绿的箭羽。仅此而已。被这清新的空气牵引,放下干涸的和死去的一切,它们,一点一点,准备着复活。仅仅接受一扇敞开的窗的建议,让目光一直通向那最后的蓝土地和天空之间的白色界限,通向这面粉。仿佛秋天隐形的主人是磨坊主。

※

重读《白痴》。在一连串梦魇之后,阿格利娅爆发出的"清晰而新鲜的笑声",严格地说,是湍流的突然闯入。

也许有一天我必须认识到贝克特②说出了我们这个时代的真相本身?一种葬礼般的滑稽。再次读他,我情不自禁想起卡夫卡,以及他在你身上激发出的那种温柔。这里,朝阴暗又迈

---

① 西勒修斯(Angelus Silesius, 1624—1677),德国诗人、神秘主义者。
② 贝克特(Samuel Beckett, 1906—1989),爱尔兰剧作家,1969年诺贝尔文学奖获得者。

进了一步。但是，这其中难道没有一种削弱主题的过度吗？哈姆在《终局》①中惊呼："你弄臭了空气"，表达了对这个在我看来只可能是荒谬的世界的坚定拒绝。克洛夫所注视的这堵墙，是比《白痴》中伊波利特谈到的那堵墙更坚硬的一堵墙。

当克洛夫向外看时，他只看到天是灰的，甚至都不是黑的；更糟的是：灰烬。"无尽的空虚。"关于虚无的一种偏见。具有偏见的力量和弱点。

*

"奥贝曼山谷"。出于对李斯特的保留，我不确定如果《朝圣岁月》的这首乐曲有另一个标题，我会以一只同样赞同的耳朵去听它。最近，我意识到这几个词在我脑海中产生的力量。（直到昨天，我甚至都不知道它是否真的是塞南古②的奥贝曼，还是一个地名。）因此，"山谷"这个词，仅仅是这个词，就在我身上产生了一个开口和一种跃动。但是，这个词，仅凭它，要约束我的话，也太笼统了。然而，这是奥贝曼山谷，也就是，一个在我心中与德国或瑞士德语区相关联的山谷，一个像这样的山谷：其中可能流淌着舒伯特的音乐，行走着来参观他的旅人，或施蒂夫特③《后夏》中的英雄。一个有着透明瀑布和瀑布声响的山谷，将绿色和棕色（草地和岩石）浸进逆光中，浸进有着耀眼光芒的雾中，有脚步迎雾而上。我将重新听这个作品。也许它根本没有让人想起这些画面，对音乐来说，这样只能说最好。这不重要。对我来说重要的，是这些画面，是这光的气化过程，这缕光像一个古老的呼唤，从地平线来到我身边，其中可能杂糅进（但不一定）一些童年记忆

---

① 贝克特的戏剧《终局》中，用象棋的终局比喻死亡，哈姆（Hamm）和克劳夫（Clov）代表红方，纳格（Nagg）、耐尔（Nell）代表白方。
② 塞南古（Étienne Pivert de Senancour，1770—1846），法国作家，其书信体长篇小说《奥贝曼》是法国早期浪漫主义作品，主人公奥贝曼强烈的个性和愤世嫉俗，开拓了个人与社会环境对立的主题。
③ 施蒂夫特（Adalbert stifter，1805—1868），奥地利作家、教育家。

的碎片,当我碰巧又在山上待了几天。尽管是奥贝曼,却没有任何忧郁让这光辉褪色。山谷,青葱翠绿,像边缘镶着岩石的摇篮,也许被雪整夜看护着(或者,也许没有,如果是盛夏而山脉只是前阿尔卑斯山脉的话),会有冲动,去令人眼花缭乱的远方,去那瀑布——那瀑布在被斜坡幸福地吸引着的旅人右边,像一根水杖一样,为那旅人指着路。

*

弗里德海姆·坎普①让我发现了《人性的,太人性的》中一篇题为《而在阿卡迪亚的自我中》的文章,该文章以如此密集、如此有力的方式,在一八七八年,表达了一种体验,围绕着这种体验,我自己的很多体验都转变了,如果我早些明白过来,我本可以省去最经常走的费力的弯路。而他的体验,必须明确指出,不完全真实:

"我看见在我脚下,在起伏的山峦另一边,朝一个乳汁般绿色湖泊的方向,穿过古老的冷杉和松树的屏障:是我周围各种岩石的碎片,长满草和鲜花的大地。我眼前的一群动物移动,躺下,伸着懒腰;有一些孤立的奶牛,更远处,成群结队,在傍晚非常强烈的光线下,靠近针叶林;其他的更近,更暗;所有这一切都在傍晚的平静和饱足中。我的表显示差不多五点半。牛群中的公牛已经进入有泡沫的白色湍流,慢慢朝上走,它一路被催促着,时而逡巡不前,时而温顺听话。它一定在其中找到了一种怯生生的快感。牧牛人是两个晒黑了的贝加莫血统的人;女孩穿得几乎像个男孩。左边是宽阔的森林带上的岩石峭壁和雪原,右边是两座巨大的冰雪覆盖的山峰,高高地飘浮在阳光的蒸汽面纱中。——所有这些都宏大、宁静、明亮。整个儿美得让人颤栗,并让人无声地崇拜让

---

① 弗里德海姆·坎普(Friedhelm Kemp, 1914—2011),德国诗歌翻译家、评论家。

它呈现出来的那一刻；没有刻意，仿佛这是世界上最自然的东西，在这有着纯净、强烈光线的世界（其中没有位置留给怀旧或等待或任何的回头看或向前看），人们想象着希腊英雄；人们不可能不重新找到普桑①和他学生的情感：既英勇，又如田园诗般。——此刻，就这样，一些男人同样懂得了怎样生活，正如他们持续地在这世界被感知，并感知这加诸他们的世界；其中，最伟大的是哲学家中英雄田园诗风格的发明者：伊壁鸠鲁。"

*

在《关于〈白痴〉的笔记》中，记下了这么几句话："每一棵小草，每一个脚步，即救世主"，其中可能包含了对伊波利特充满激情的虚无主义所作回应的关键。

*

想起了亨利·托马②，想起我寄给他的明信片，上面有个希腊式带把手的细颈长瓶，绘着一个弹里拉琴的年轻女孩。

脑子里浮现出这幅画有用吗？

是否没有任何祭酒可以浇灌人生这个阶段的心灵？

是女孩的形象，还是她手中里拉琴的形象，

还是她的出现，从这如同里拉琴的身体里的出现，能救她身体旁的这个老男人？

或者是否，只有梦神墨菲斯的化学是有效的？

*

众多梦中的一个梦；或者更确切地说，在我看来，一个值得留住的细节。这个充满各种曲折的梦，其中的某一刻，有

---

① 普桑（Nicolas Poussin，1594—1665），法国巴洛克时期画家。
② 亨利·托马（Henri Thomas，1912—1993），法国小说家、翻译家。

人对我说，或我对自己说，死亡，是我眼前看到的这扇门，一扇几乎方形、巨大的门，由坚固的木板制成（如果不是将某种地下室的墙壁误认是它的话），我当时看到它朝着第二扇相似的门打开，第二扇门也许覆盖着某些攀援植物，比如常春藤，而第二扇门，没有打开，肯定永远不会打开。

*

什么话还有权利，在垂死者或者只是在没有任何希望回头的苦恼者耳边说呢？当然，这里边需要最大的得体，而不要丝毫花言巧语（尽管这个词来自"花"这个词）。

这难道不是所有一切中最严重的问题吗？

握住这缕光。当眼睛开始再也看不到了，或者只看到模糊的形状，只看到阴影时，把这缕光变成声音，制造一些声音，能让这缕光在听觉中保持光芒四射。如果聋了，就让它像火花一样穿过你的指尖。想想看，从这越来越冰冷的身体里，正有一个看不见的身影振翅逃离，鸟儿只是它在我们这个世界动荡的倒影。

*

鲁米在《神秘颂歌》中写道：

叶子，像书信，带来翠绿之兆。

或者：

词语是这阵曾是水的风，
扔掉面具后，它又变成了水。

*

重读我所写的关于拉奇山口的文章，我寻思：这一切只是一个词语做的肥皂泡;只要人们在里面,人们就相信它是真切、持久的。它比彩虹色的泡强点儿吗?

(但是,当鲁米写"永恒的生命在花园的叶子上发光"时,他周围注意到这句话的人中,觉得受不了的,可能也不少于今天那些随便围着个莫名其妙诗人的人——那些所谓诗人怀疑光的现实性和词语的合法性,以至于被称为诗人都让人脸红。)

*

一轮极其纤细、锐利的月牙——和几朵合上了一半的犬玫瑰花绝对纯粹的白色。这像两种韵律。

晶莹的钩子。

*

再一次,说到犬玫瑰;关于它,我肯定说不出任何我已经试着去说的话:白色的、粉红色的,甚至鲑鱼,还有它们金色的中心,它们完美的单纯,它们的脆弱:孩子、小女孩,也许天使。

让它们建造轻盈的拱门:起起伏伏中,它们就是优雅本身,非常质朴。在岩石上特别动人,在那里,它们将大火烧毁的黑暗的橡树废墟,装饰成修短了的果树丛——像年轻女孩的手放在非常古老的石头上,在橡树的广场上。

或者,如果它们在一株几乎是黑色的冬青槲的叶丛里上升(正如我已经记下来过的,关于一棵柏树——这最称心的完美石碑——的文字①),在这些葬礼般(或只是颜色暗沉)的柱子周围升起的优雅(没有声音、没有重量、没有深度),就像一支环舞曲?——或者像春天的一对对蝴蝶,飞得越来越高?

---

① 指作者在《树(二)》那首诗中写到过。

*

《圣灵降临节》中的叙述：一阵狂风的声音，宣告或伴随着火舌的神奇、如风如火的精神，这使得它能普遍地被理解。今天，人们相去甚远。几乎在任何地方，除了破坏，火再也不大做其他事儿了。

*

已经快要开过了，犬玫瑰。短暂，因此在它们杂乱的刺中，显得虚弱。为什么这种植物被称为"犬玫瑰"？我不知道。"犬玫瑰"（églantier）这个词来自 acus——"尖的，尖锐的"，之后又变成 aquiluntum①。我父母曾有过一个姓"犬玫瑰"的女仆，我们非常喜欢。后来他们还去看她，直到她去世，因为她死在他们之前。她有一张苹果般粉红的圆脸，纤细而热情。她嫁给了一个非常瘦的邮递员，那人有张锋利的脸，很像乌鸦，犬玫瑰有多欢快、春意盎然、讨人喜欢，他看起来就有多丧。

与这些我们几乎没有时间去瞥见和称赞的花朵无关。孩子气。树木、灌木丛的孩子气的装饰。而且是完全狂野的。玫瑰之源。

我沿着山脚步行去旺塔布朗②，山脚开满了无叶植物、金雀花、雏菊。这些雏菊，当我从它们面前经过，我想到犬玫瑰，如此不同，虽然颜色相同或差得不远。有点傻，有点扁平，像中间有个蛋黄的小盘子一样不透光，也有点僵硬。相信有些花"会朝向"别的东西，而其他花会静默无声，或者封闭。这一切真的不重要。

---

① 由拉丁语中的 aculeus（刺）变到中古拉丁语中的 aquiluntum，其阳性形式就是 eglantier（犬玫瑰）。
② 法国罗讷河口省的一个市镇。

犬玫瑰的花：短暂而脆弱，像一种没有流通多久的硬币上的画面，唯一的那种价值刚好够过河到对岸的铜板？是不能一直握在手中的那朵花，在手中它会立即枯萎；攒起来，会变得更少。就好像有一天，一个人想起听到过一阵低语，或者更简单地说，是你从某处经过时，有人隔着一段距离对你说的话。人们甚至可以想象一个死囚走向行刑地点时，有人对他做了这样一个手势，他几乎不用转头就能抓住，这手势会让他不松劲地向前走。

这白色不是一种死去的、无情感的、不透明的白；也不是冰冷世界中最活泼、最有情感、最透明的。我清楚地看到，通过从思想上、梦想上来追随它，我差点儿就重寻到巴旦杏树、木瓜树、樱桃树的花朵——这些仅仅是我已经请求过太多次想得到的花。但不同的是，犬玫瑰与未来将为我们满载香味、养料的水果没有任何联系；它是绝对的野性、自由、荆棘——以及与其他同样野性、有时会开花的树的组合。装饰和野性。因为这个特性，它几乎没什么能准确定义的。

*

葡萄园里，贴着地面的粉红色牵牛花：这些小小的酒杯，这温柔的颜色，仿佛刚刚从地里冒出来，与大地区分开来。世界的秘密之上，这些脆弱的封印。

*

没有忘记麻花头，它在九月份，像一只知更鸟一样在我身边，陪我在花园里修剪树木。花有点毛茸茸，有点儿脆弱，尽管它的茎很硬。粉红色又野性的样子，看起来特别朴素，不知为何让人惊叹。这不是什么大不了的东西，除草者的手却十分珍惜，好像它稀有而珍贵。这最后一个夏天的女伴，还有将它们的颜色在视线中隐藏起来的胡蜂群（这些胡蜂好像边飞行,边喝酒),还有这些胡蜂液体状的叫声(或许像长着翅膀、变幻不定、欢快活泼的泉水)。

少年手中薄荷叶的香味:是薄荷叶,而不是人们吸到的香味,既近,能触摸到的近,又如此遥远,在太阳落山后降临并突然袭击你的寒冷中,那是冬天逼近时的寒冷。

*

来记住阿塔尔①《磨难记》中的这个寓言:"一个被岁月剥夺和冲刷殆尽的老妇人站在墓园门口。在她双手间的一块破布片上,她缝了一千多针。每放进来一个死人,她就做一个标记。不管存放进来一个还是十个,她都会给每个亡者做个记号。因为死亡每时每刻都迅猛发生,这块破布片上覆盖着数百万点。

"有一天,死亡如此沉重地肆虐,以至于老妇人手上的活计给弄糟了。这么多的尸体同时放在她面前,她脑子都糊涂了。她不知所措,发出一声尖叫,扯断了线,掰烂了针!'我只会干这活儿!'她惊呼道,'手里拿着一根线、一根针,我要这样到什么时候?今后我不会再用这根针,要将这破布扔进火里!这个不断折磨我的问题,怎么可能从一根针、一根线中得到答案呢?我想要发狂地旋转,就像要转到天上去!这不是线和针的问题!'

"对于你,全然不觉和轻松的你,这些话永远到不了耳朵里!因为如果你意识到这些话中的哪怕一句,裹尸布就会成为你的衬衫,盖在你的背上!

"这不是线和针的问题!"……

首先是这个老妇人在墓园门槛上缝纫的意象,然后是这

---

① 阿塔尔(Farid al-Din Attar,1145—1229),波斯神秘主义诗人。

块满是圆点的破布的意象,在对我说话;也就是日常工作的意象,就像龙沙①某首公认最著名的十四行诗中,有另一种工作:

> 那时你不再有女仆传递这样的消息,
> 她干活已累得半入酣梦……

一项我们感觉我们自己曾在一个遥远的童年夜晚看到过的工作,与阿塔尔想要赋予它的意义无关。

这意义,当我想象这则寓言今天仍然可以告诉我们些什么时,我不知道(全然不知我从属于古波斯的思想)我是否严重曲解了它:这就是,对死亡的忧虑,有史以来积累的成千上万次对死亡的恐怖,并不是一个计数的问题;是计数的问题的话,最有耐心的手指、最骁勇的灵魂也很快会消磨殆尽,是计数的问题的话,一块宇宙一样宽广的布都不够;但是,唯一可以对抗它的答案,就是圣舞,它回应了夜空中寂静的旋转。或者,对于我们其他人来讲,更谦逊地说,既然我们不再如苦行僧般舞蹈,就只剩下倾听世界这一追求和在书页之布上翻译这种追求。在这种追求中,没人会再想着去看一块裹尸布。

*

硬化的手掌,其中骨骼变成石头;像岩石在一个柔软的背斜谷中摩擦。一个人与石头相近;骨头开始显现出来,开始展示它的力量,以及它最终能长期占上风的方式。不是永远占上风。是死亡赢了我们,不是像里尔克梦寐以求的那样像一枚果实,而是像一块石头。至于衣服呢,它会疏松,散成丝缕。这至少是一些确定性,在它之上建立,或者相反,放弃建立些

---

① 龙沙(Pierre de Ronsard, 1524—1585),法国诗人,七星诗社成员。

东西，无论是什么。

*

感觉，越来越急，缺少时间，匆匆忙忙。阳光照耀的树叶，越来越罕见——就像一个人卷起了帆。这最后的叶子化作雨中的一种火，只烤热极少的事物。树枝吱吱作响，骨头吱吱作响；就像一艘船的舱壁在大海灰色、寒冷、具有威胁性的波涛中吱吱作响。这些盲目的水，无穷尽的水，因为太过无动于衷，在我看来是多么敌意啊！在起伏的山峦之上，人们至少可以驻足。而这里呢，就像有如此多的坟墓准备打开、豁开，冷冷的沟，深不见底；裹尸布不知疲倦地展开，又重新叠起来。永远拒绝最细微的蜡烛、最细微的十字架、最细微的花朵。钢的颜色，灰绿色的铁的颜色，冰的颜色。在这上面迷路的最小的鸟，像一束小小的火焰，照亮地窖。太阳的光芒，遇到这些水，变成了古兵器清脆的撞击声，和让视线和精神都疲惫不堪的古老史诗。

*

两场雨之间，离莱斯河这边几步远。肯定有比常春藤（lierre）和石头（pierre）之间的韵律更妙的；在这疙里疙瘩而黑暗的植物中，有某种东西，有一种牵系，与这个词的两种意义，与非常老旧的事物，与古老的墙壁，与废墟，系结在一起；与它同时入侵着、保护着又装饰着的人类，拴缚在一起。在我们看来，它很美，不是因为一声过去的呼唤，而是因为一种与力量、稳定、持续相关的感觉。绿色项圈，绿色的链子或绳索。

这条河的河床，由于近年来的洪水而明显变宽了，在一月的光线下，它看起来非常白，好像河流冲走了已经变得多孔的非常古老的骸骨。一条疾流着的、水量丰沛的河会不停清洗和打磨一个尸骨堆。

因为年初时草比平时更绿，所以这个时刻，草上的阴影已经几乎无法察觉——轻如里尔克在《第二首哀歌》中提及的阿提卡墓碑上那个手势：这些词的重量并不比这些影子重，但与它们一样，有着同样多的几乎看不见的力量。因此，光有时会动起来，它如此这般在地面上写下最后的话，这些话对我们仍然重要。

*

莫扎特，《钢琴和小提琴奏鸣曲》：我对音乐学家爱因斯坦谈到他与上帝的灵魂对话并不感到惊讶。这样谈论这些事儿是很糟，但至少向所有人表明了这音乐在慢板中能将你带到何种高度。也可以说，如果没有上帝，也没有诸神，如果从未有过，这样的音乐应该会诞生上帝和神祇；或者说，它似乎在召唤他们，邀请他们，就像荷尔德林在《乡间行》中明确说出的那样；但这里并不明确，正如这里更有说服力一样。人们甚至可以走得更远：在这种音乐中，他们回应了邀请。

*

麻花头：像花的一粒尘埃，像一粒粉红色尘埃制成的花；以及一些粗糙、破烂、被撕裂的东西。乞丐的颜色？那么，它：是一个了不起的乞丐。

*

逆光看到的草，仍是新生的草，不是很密集，纤细而笔直：几乎是一个滤镜，一把竖琴……或者，是非常接近大地的我最后的里拉琴。为了让好像被镀成金色的傍晚的光，在已经很冷的阵风中被听到。

*

三月初，黄昏来临前，一天结束时的光芒，就像一只在树上拍打的翅膀，像一只鸽子。仍然光秃秃的树干、枝丫反射着这光，让这光扎下根来。当昙花一现的耳语，似乎在对我说话，这白色和粉红色的隐语。低微与泡沫之语。那一天，人们寻思着：即使最好的情况下，你也不会很经常听到这样的词。然后，它的尖端磨快了，它撕裂，它治愈，无可避免。最好倾听它，通过仇恨的呐喊、噼噼啪啪的鞭打，张开耳朵。

*

重听莫扎特的《安魂曲》时，我记下了乐谱，除非有记错的地方。不确切知道为什么，关于"一笔"的念头，快速地从一切之上掠过，就像白色的鸟、池塘里的白鹭，掠过曾经的圣布莱斯；但这次，我是在约旦的天空下这样想象。

一支箭？一个快速的声音，很高，这并没有阻止它成为某种很真实、很坚定的东西，转瞬即逝而又真实：像一个签名？签名时带出的花缀？钢铁般的一笔，闪电般的一笔——但谁，在一种白色的承诺之下签下了它，而远非破坏了它。

*

十一月的月亮，亮而冷，地面上，厚厚的一沓一沓的，是柿子树的叶子。

莱奥帕尔迪的月亮："月亮，你在天上干什么？告诉我，你在做什么，沉默的月亮……"我多么喜欢这首诗的开头，我多么高兴今晚再次听到它，在我打开了一些道路——比现实中由真实的星光所开辟的道路更深的道路时！

*

几乎算是温暖的下午，清晰可见的月亮当空，这一月份危险的温暖。像一片指甲，或一只纸灯笼。一位夜晚的女访客在白天迷了路。春季来临前樱桃树的一个花瓣。光里面的光。

*

一天结束时的满月：这象牙的硬币，如此慷慨地支付了一天的劳作、一生漫长的劳作。

*

步行去康普斯上面的旺特山。篱笆间是田野的初绿。教堂由刚好没那么绿的石头构成；像一个谷仓，或者一种低矮的灯塔。在这个山丘之地标记出一个中心、一个核。

山谷中，莱斯河蜿蜒的河水在磨得发亮的岩石中闪耀，像光线，缓慢地、耐心地劈开岩石。那真实的路径，极其清新，一尘不染。

*

晚上。星星挤在一起，越是被隐约发光的云框住、镶边或穿过，就越是动人心魄。"年轻女孩"（jeune fille）这个词浮现在我脑海中，因为押韵"闪耀"（brille）这个词，但不仅仅如此。

人们就这样于不经意中重寻到的东西，几乎不再扰你。蜂巢。在这面前人们没有了年龄。或者人们自己这样想象。

*

孩子们玩着祖先遗体灰烬中的小骨：这是在守夜和睡意之间的"思考"。关于脆弱、空心事物的其他意象。死亡之骰子或多米诺骨牌。无价值的事物。被清空了物质的身体。拒绝想这个，拒绝想有什么在等着你，在它面前逃离。然而，一种震颤，突如其来抓住了你，一种模糊、轻盈、审慎的恐惧，隐藏进下肢而非脑中（人们以为）。

大片的绿,大片的云;天空很无序,至少表面上是。

*

这些日子之迅疾,好像它们真的在逃跑,在逃脱你,但你仍非一无所获。像马逃离马夫?这是你想到的第一个画面,但这是错的。这不是一个激情的问题、一个野性的问题。

树叶和鸟儿被狂风带向同一个方向,不知疲倦。就像它们来自同一个家。就像这些日子。

甚至就像,这些日子逃得越来越快。像浴缸里的水空了,那水不可抗拒地被低矮处吸着。有这种感受,是由于那些他们所丧失的吗?随着他们日渐苍白,从他们的现实中、从他们的趣味中丧失的。也许。然后,一切都将以幽灵的故事结束,幽灵的手中会只握着一些东西的影子。

但这仍然太美。因为毕竟,我们不会像树叶那么容易被刮走。

*

阳光即将消失在地平线上时,冬天所有的玫瑰色、所有的玫瑰花、寒冷中绽放的云朵、叶丛和雾气。燃烧的中转驿站。从手到手,悄悄传递的权杖,难道它只是一根燃烧着夜之玫瑰色的棍子。不要太早松开它。

六
2000 年之后

选自《而,可是》

已经划去标题

"在长着黑犬之嘴的神面前"

好标题,我想
当夜里我脑子里闪过
这美丽而高贵的画面时。

但今晚我不在一家博物馆,
我面前的黑色没有装饰着任何金色
而如果我面对着一条狗,将只会是一条这个世界的狗
准备着咬人。

码头上也没有葬礼船,
头上没有天空,
没有古老的狮身人面像来保持平衡。
四面八方只有墙,如同四面只有坟墓。

圣贤们的聒噪,我听得很清楚
他们在高堂无休无止坐而论道,
但我再也无法融入他们
除非像一头庙堂里的驴。

是因为废墟之下的地窖
那我并非被迫将自己埋葬进去
以求与老鼠一起偷生的地方
让我今天这样说话
好像说话的不再是我
而是最终会坍塌于泥浆中的无论什么人。

仍然有过,那么一天,
这被命名为神圣的音乐
与香气一起,在教堂飘浮
(神圣,是因为它走在你前面
腰间系着钥匙)
但谁还能听到它
如果一切都变得同样狭窄和黑暗
而那音乐又如此遥远和虚弱,或大抵如此?

因为朋友们卡在捕鱼篓里,沉入水底,
日光不再照到那里。

"在长着黑犬之嘴的神面前"

写到这里,最好划掉美丽的标题,
也许最好,让这本书,永不完成。
或中断它
在仅由无奈的泪水
写成的书页中央。

在那里,最美的书
不过是一个不太持久的避难所。

在人们松开手杖之后。

被扮作耐心的女人们、姐妹们
　费力地支撑——

如果其他人,看不见的那些,耽搁着不来接替她们,
我们将倒下,这一次,是真的。

如果我们手里仍握着的光折断,
赤裸的脚只会在碎片上擦伤。

如果连光都折断了。
如果墙壁紧紧缩着。

如果黑狗不是一个吠叫的神。

如果它咬你。

已到了这里
有必要臆想出一个姐妹,或一个天使,

就像从没有人能够臆想出她们。

对于要撬动同样石板的杠杆,
需要一束光——人们已经遗失了那用来呼唤它的名字。

知更鸟

冬天的傍晚,几乎像一张脸一样,温柔地点燃,而在高处,天空达到了最生动的透明:非常接近于空无,因为透过天空,看不到别的东西;然而……我在奈瓦尔①那接近圣女和仙子的诗句中,再次想:我会在这里,在我的花园里,看到仙女仍是粉红色、仍是浅红色的变身吗?她自己的灵魂变成全然纯洁,不再有重量。这太美,太符合我的梦想。我相信那里更像有什么东西,就像一汪非常纯净的水。

在花园里劳作,我突然看到,两步之隔,有只知更鸟;它似乎想和你说话,至少陪伴着你:小小的踱步者,被猫钦定为牺牲品。如何说清它喉咙的颜色?和粉红色、紫红色或血红色相比,更接近砖红色;如果这个词没让人想起一堵墙,甚至石头,一种脆石的声音的话。应该忘了那些意象,它更让人想起的是驯化的火,或火的反光;似乎像是很友好的颜色,不再有红色可能有的那种燃烧、残忍、好战或得意洋洋的东西。鸟在自己的羽毛中戴着这种纱巾,是驯服的火、日落时天空的颜色,而它的羽毛,是大地的颜色——它非常喜欢在大地上走路。这几乎是空无,如同这鸟几乎是空无,还有这一刻、这些劳作、这些话语。勉强如一簇雀跃的余烬,或一个小旗手,一个没有真正信息的送信人:颜色深不可测的古怪感。它几乎没有重量,即使在一只孩童之手中。

然而,断断续续,你耳中听到那审慎的声音,仿佛很谨慎,无花果树最后的叶子发出的声音;这棵无花果树,在公园高高的悬铃木中,更粗大但更远;是看不见的风的喧嚣,是隐

---

① 奈瓦尔(Gérard de Nerval,1808—1855),法国诗人、小说家、翻译家。

形之物的声音。在它的庇护下，知更鸟和我都停下了手上的活儿。知更鸟，它就是那提灯笼者、鲁莽者，如果一只猫在这儿转悠的话。

这只踱步的鸟，人们如此这般地想象过它很友好，甚至是自己的同谋，同时又很安静，像是害羞，没其他许多鸟淘气；这只近旁的鸟，在它身上，人们会很高兴看到一个孩子的转世灵魂，那孩子跟无花果树柔软的树枝和用耙子仔细梳理的大地很友好，我不会梦想这只鸟有一天会在天色将尽时当我的向导，或在我需要帮助时，对我有丝毫帮助。是今天，昨天，它帮助了我，除了帮我，什么都不关心，尽管表面上看不出来；它帮我，仅仅通过在那里，活生生地，抬眼可见地，在抬眼可见又活生生的天空下，用它红色斑点不由自主发出的奇怪话语——那话语我惊讶地读到了，就像我曾读过这么多其他鸟儿的奇怪话语，却没有更好理解一样。那就在今天，不要再等，我必须记下这讯息，正如我接收到了它——这不是一种讯息的讯息；只要我还在状态，能记下来。我已决定提前打断它，如果可能的话，和我们最终将会成为的那种衣衫褴褛者一起，提前制止它的话，径直地不许它用打嗝，把在它悲惨登场前我有机会使其光芒四射的那些东西变得模糊难懂。那么，让人们帮助它——它，这个不幸者，就像人们必须而且能够帮助病人一样；但让所有这一切仍然是件私人的事儿，让其中什么都不渗出来；而且，不让任何这种阴影，来自我的阴影，在所有其他人之后，也将化为崩溃的影子，在向前回溯时，损害这世界的清澈，如同我在仍然拥有——如他们所说的——"我所有的思想"的同时，将这么多次见到这世界的清澈被损害。说到腐烂，有必要拒绝言辞。不是否认它，而是将其缩减到它本质上那种很少的状态。迈向自己的尸体不是开心的事；通常需要跨过几乎、甚至完全地狱般的阶段。但生者首先是活过，一只知更鸟似曾和他交谈，它是一个羽毛的小球，非常小，有颗心脏；一张网，比任何蜘蛛网都隐形得多，将这个小东西，与露台石板上干树叶的声音相连，与已经不再拥有夏日炎热的粗糙又易碎的泥土相连（像耕作泥土的手），与树下的阴凉处，与树上苍白的光线相连；这张网是一个陷阱，这只鸟接下来的死亡，勉强比它的同伴晚些的死亡，将是陷阱的中心？当时，如果我想过（但有更好的事儿可以做），我可能会想象到，这张看不见的网的中心不可能是一个黑色的怪物，会想象到，这张网某一刻网在一起的所有成员都在替反方说话、打赌。发言权必须保留给活着的人。"让死者埋葬他们的死亡"，这话不见得冷酷。它可能意味着："把黑暗留给黑暗，点亮通往黎明的灯。"

给田野的牵牛花

(又一次?

又是花朵,又是围绕着花朵的步履和句子,而还有谁,总是几乎同样的步履、同样的句子?

但我对此无能为力:因为这些句子居于最普通、最低微处,贴地而生,它们的秘密在我看来,比其他事物更难以辨认,更珍贵,更必要。

我重新开始,因为这一切重新开始了:赞叹、惊讶、不知所措;也有感激。)

"斜坡上没有露水的花朵，在旅人看来让人怜惜，你们一朵接一朵，向他致敬，温柔以对他的影子，温柔以对他这颗没有思想的头颅，这颗他颤抖着贴在你们脸颊的头颅，还有手势、羞怯的呼唤……你们在一年的周遭，如一顶存在的冠冕……粉红色岩黄芪的穗、毛茸茸的山萝卜，蓝如我失散朋友的目光，鼠尾草，重新开花的十一月的鼠尾草，还有夏枯草，我叫得出名的你们，和我叫不出名的你们……"

这几年的夏天，走在路上，我常常想起鲁①致敬花朵的这一连串絮絮叨叨的开头部分，这路比若拉②的路更尘土飞扬，但路边也有鼠尾草，以及山萝卜（要罕见些）；但这儿触动我的是另一些花朵，以另一种方式。我喜欢这絮叨、这行路人的问候，他远比曾经的我孤寂，他的问候，致以这类虚弱的女伴，她们有时，似乎也曾对他低语过些什么，比如一份安慰或一个建议。但我真的没法儿再继续这絮叨。于我，事物和文字结合得没那么好；调性保持不了这么长时间；气息更短促，更被阻碍、被抑制。

此外，我也没法再像鲁一样自我想象：这些花朵，或者其他时候的一些鸟，会像信使一样有什么要对我说。我不会知道谁让它们载来一条讯息，给我，或给无论什么人。

然而，我本来会忍不住说，这些花儿身上表达着一种无意识的语言，它们之外，无人能将这语言从它们那里夺走：对我，像一声召唤，来自从前的一种状态，来自一种本源；就像

---

① 居斯塔夫·鲁（Gustave Roud, 1897—1976），瑞士诗人和摄影师。
② 瑞士一个丛林茂密的丘陵地区，位于洛桑东北部。

这些花儿能原样盛开，一如在最初的那座花园。

除非它们像小学校长为了让最迟钝的孩子弄懂某种复杂、隐晦、抽象的东西，而在话语中穿插的那些例子。("你们观察一下田间的百合花怎样生长：它们既不劳作，也不纺织①……"——但是属于我的花会因为迥异的另一个日课而绽放。)

---

① 引自《圣经·新约·玛窦福音》第6章第28节，译文沿用思高本。

迎着天光绽开：这些花，贴着土地，仿佛会消散的幽暗，如白昼升起。

田里的牵牛花：这么多黎明的审慎的消息，散落在我们脚下。

这么多孩童的嘴贴着土地说着"破晓"。

或者是我们脚下谦卑的杯子，为了用它喝什么？

粉红的牵牛花（也许是那些"野地里既不劳作也不纺织的百合花"），被致敬，在再也不能被致敬之前，在朝着越来越冰冷的水流、偏离原来的方向之前。

在死亡的阴影如一片寒冷的云掠过它们之前。

没有必要性、没有价码、没有力量的事物。

然而是我从未如此近、如此真切地看过的花，大概因为终点时逼近的云，就像有时在黑夜之前会看到光线变得强烈。

近旁的花，让人忘却路程的终点，当行路人终于明白了，即使路永远都带他归家，也不可抗拒地，引他尽可能远离了所有房宅。

所有绽开的花,似乎都打开了我的双眼。就在不经意间。无论从哪方面说,都全无刻意。

它一边绽开,一边打开其他的事物,远不止它自身。正是预感到这一点,让你吃惊,带给你喜悦。

那么即使从此以后,某些时刻,你会颤栗,就像某个害怕的人、相信的人,或声称不知道为什么的人。

粉红的牵牛花,或者路过时曾听到的某句最纯洁的话语,用一种不可译的语言说出来(然而这完全不是话语,不是任何人的嘴)。

可是,人们可能已经相信了路过时听到、猛然听到的话语;而当有人寻其出处时,这些话语立即就沉默。

荷尔德林,在《莱茵河》中,思忖着河流时,写下了:"纯粹涌出者是一个谜"。这些花恰好就是这样;它们难以参透的光线,是我曾见过最鲜活的光线之一。

毕竟,大概人们永不可能对此言说更多。但人们将它随身携带。

若其神秘减一分,光亮也将减一分。

对于荷尔德林,那"纯粹涌出者",是源头处的莱茵河;这是本源,也可能是那在东方升起的黎明。

至于克洛岱尔,则这样说到一泓泉水:"它独自纯净着,原初者和即时者,喷涌着。"

在这人们无法逾越的界限,涌出,或者说孵化出神性之梦。

永远贴紧土壤的源泉,如此近,又最远。

心有旁骛或一无所思的过路人看到的事物，似乎是这些花，它们虽然微不足道，却以某种方式，隐形地"挪动"着这过路人；背景，令人难以察觉地变换了空间。然而，并非进入非现实，并非做梦；而更像是，要这么说的话，越过了一道门槛，那儿既看不到门，也看不到通道。

若花朵有"内心",通过什么,对我们而言最深的内在与它们联结,与它们联姻?

花儿们逃脱着你;它们因此让你逃脱:这田野里的成千上万把钥匙。

是否终于可以说,如若看见,一旦看见,则(无论如何)将看得更远,远于可见之物?
就这样,通过花朵柔弱的缺口。

一如伛偻者在读一本书，甚至是趴在地上。

他最后的读物。

选自《这一丁点儿声响》

沟壑笔记

傍晚五点半，白昼仍持续。在旺度山上方，我们看到那玫瑰花瓣的冠冕，这些玫瑰花瓣，埃及称之为"通过奥西里斯①审判者"，在法尤姆肖像②中死者的发中或指间，如此美丽。我们知道，正是这种粉红色，有时也置于一件连衣裙上，一块轻盈的面料上，在这些肖像画中，它最能打动你，更不用说目光了。这一抹粉红色；年轻亡者手中这粉红色的穗。

冬天的傍晚把这些花冠放在树上或云上。在朝着夜晚启航前。终其一生，还可能有更好的可以带去地狱吗？

*

在一年中第一场雪下面，出现了兰斯山：沟壑中流淌着一些非常白的雪，山顶被困在云层的阴沉中，一丝雪的尘埃，在森林中低垂。感觉是一种不算严酷的寒冷。

灰绿色，灰黄色，白色。

一些勉强算是雪的雪，散落在景色深处的这堵墙上，邀请你走上去，仿佛走向一段遥远的童年。邀请你上去，在这些沟壑的褶皱里，吹吹风清醒一下，去用这些清爽的发辫揉

---

① 奥西里斯（Osiris），古埃及神话中的冥王，也是植物、农业和丰饶之神。
② 公元1世纪至4世纪在埃及出现的一种为死者描绘的胸像或肖像，1820年首次发现，法尤姆地区最多。

搓脸颊。

在所有这些背景之上,一种有趣的颜色,淡黄色,像是从一盏大白天点燃的、微弱的灯中散发出来。

在相当微弱的光线下,有盏看不见的灯,一种微弱的黄色给这些地方染上颜色,雪的撒落、飞扬、轻撒,让这颜色更鲜艳。

走到这些树下,人们可能会湿透袖子。但绝不是那些哭别离、哭背叛的远东诗人的眼泪。

*

白雪皑皑的山脉被夕阳染成粉红:一团火,可能会在灰色灰烬的底部和在山峰炽烈着;迎着天空变得纯真的火焰。

也像月光。

轻盈的山,不知不觉中变成天使,或天鹅。

甚至这,甚至这盏永不该让它熄灭的灯,在它自己身后。为死者能安息而点亮的"永恒之光",至少照在我们身上。

*

人们在寒冷的天空之镜下面点燃的火焰:就像这片水气,证明我们还活着。

*

从一座农场前走过,是这附近最后一批依然还在的农场:废弃的小果园、路边破旧的墙壁、夏勒内上方的大胡桃树——为什么这一切在我看来如此"真实"?就是既没有布置,也没有装饰,又非仿造。这些磨旧了的、有着斑点的石头,准备好重归挖出它们的土地,这些非常古老的树,易折断,蓬蓬松松,将只长酸果子——还有水,永没有任何年龄。

*

一月的日子,将你的眼睛大一点儿,
让你的目光再持续一会儿
让粉红色染红你的脸颊
就像对着心爱的女人。

将你的门开得大一点儿,日子,
让我们至少能梦想
我们能经过。

日子,发发慈悲吧。

*

一只喷嘴在早春坚硬的光线中,缓慢地螺旋式上升。有人在修剪石榴树,石榴树的尖刺划伤你的手。反对各种荒唐事儿——那些能让你当场崩溃的事儿。

*

"什么也没准备好……"迷迷糊糊的睡眠中,记下来的词,但我知道它们是想说我们没想过准备行李,想说我们继续前行,不看前路,想说我们光说空话——就像这些话。

但是,有了这个,要准备什么呢?或者说,我们将开始在虚幻中徘徊、磕磕绊绊,被记忆拯救的不可靠地标,越来越无法救治我们,无论如何,它将只不过是一个阴影之间的阴影的故事;或者,如果我们看得足够清楚……

我在这些词面前停了下来,像那匹马在障碍物前犹豫,退缩。然后,摸索着,在极度慌乱中,我又想,很可能,最高亢的音乐,最虔诚的祈祷,在终审宣判的冰冷光芒中已经到来,它与我们联结,不如心灵(那被称作心灵之物)几乎无声的律动那样肯定;我想,这将是最好的、微不足道又近乎隐形的、几乎唯一的铜板；即使我们没法儿用它去任何地方，因为所有的方向都在此停止了。

*

沿着夏勒内：树下，岩石中，有些小瀑布；到处都是紫罗兰，是鸟在飞；三月的阳光下，是种柔和的热。

更远处，水闪着光，几乎不流了，因为斜坡变缓了；最早的一批叶子开始在溪流上方颤抖。一些地方，宁静的水在闪光：潮湿而清新的光芒，闪烁的小十字架更多，令人眼花缭乱。

*

身形消瘦的老人，精神受困于疾病和悲伤，很少勾勒出微笑的影子，重寻到记忆中的影子，而影子自己，坐在家里，背对敞开的门，背对世界，背对春天的光线，背对一年中的最后一场雪。

在他旁边，是他一生的伴侣，他最小的儿子，被癌症撂倒、痛揍：街中间或路边事故的受害者；一个被"敲"昏的拳击手；被击中太阳穴，太阳穴开始发黑。

所有人类的苦难，当你实实在在碰到时，它就像一头野兽，激发一种心灵必须忍受和战胜的厌恶，如果心灵做得到的话。

*

迷失的男人。

一个男人在他的房子里，不再明白他在这里。他把这房子与另一个他过去可能住过也可能没住过的房子相混淆，他将只能摸索着走,在在场的事物、很少在场的事物和那些仅存在于他疲惫头脑中的事物之间。

另一个男人只有一个梦想:回家,重寻他的家;但是,即使他重寻到他的家,那也不可挽回地不再是他的家,无论他的房子里有什么。

因为他走在远离所有房宅的路上。

*

昨晚,我又惊讶地想起了舒伯特的最后一首钢琴奏鸣曲。又一次,我只是对自己说:"就是它了。"就是它,难以解释地站立着,对抗最恶劣的脾气,对抗空虚的侵入;就是它,绝对,值得被爱:那温柔的火焰之柱,引导着你,甚至进入那似乎既没有界限也没有终点的沙漠。

*

怎么说这呢?

我们触碰过如此寒冷的东西,以至于整个一年都被它击中,即使在夏日的中心。

把它说成冰川太过于美了。即使说成石头也会是在美化它。

它是这样一种形式的寒冷,能在美丽夏日的中心,抵达你心。

一只太冷的手,冷到已不属于这世界。

*

词语,勉强还是词语
(被夜低声说着)
不是刻在石头上
而是像被隐形的鸟
写在空中的石碑上
这词语并非说给亡者
(今后谁还敢?)
而是说给这世界的人们。

*

馈赠,不期而至,被秋末低矮的阳光照亮的一棵树的馈赠。如同当一支蜡烛在变暗的房间点燃。

书页,词语,听任风的摆布,它们同样也被傍晚的光线染成金黄。即使是一只长满斑点的手写下它们。

贴着地面的紫罗兰:"只是这","别无其他";一种布施,但非恩赐,一种献祭,但不讲究仪式,没有悲怆。
那天,我没有以一种崇敬的姿态、一种祈祷的态度跪下。只为除草。所以,我发现了这个淡紫色的水渍,甚至没有闻到气味——那在另一些时候让我跨过了这么多年头的气味。就好像,这个春天的某一刻,我被改变了:被阻止了去死。

有必要除雾,清障,以纯粹的友谊,最好:以爱。有时,这仍然可能。在什么都理解不了、什么都不再做得了时。

在十一月光线的照耀下,在这产生最少阴影、人们眨眼间就毫不犹豫越过的光线照耀下。

*

握住楼梯栏杆的手
和将墙壁染得金黄的冬日阳光

将封闭的房间染得金黄的寒冷阳光

感谢坟墓的草
感谢罕见的善意姿态

和云的所有散落的玫瑰
夜幕降临前散落的
云的毛茸茸的余烬

*

当心灵迷了路,它会为此痛苦吗?也许,只有当它因为意识到这是歧途而从歧途中走出来时。那个消瘦但仍站着的老人,那个如此经常相信自己在别处的人,复活着他生命中的旧日场景,或从中虚构出新的:他苦吗?在这别处。或许不,在他相信的那一刻。他在他的自我中挪动,比在真实空间挪动要简单得多。

但是,我再一次对自己说,不该在那个时间到来之前自寻烦恼,为还没到的事情庸人自扰,即使它有可能是那么具有威胁性,又迫在眉睫。

写作,仅仅"为了让它轻声歌唱"。修复性的词语;不是为了震撼,而是为了保护、温暖、消遣,即使是短暂的。

为了让背重新挺直的词语;并非像义人那样,"在天国狂喜"。

解开束缚,一直到最后,即使用被捆缚的手。

*

在一个做过无数次的关于迷路的梦的尽头,如果我没记错的话,我从剧院出来,离有人居住的街区更远了,我看见自己沿着一种漏斗状的很糟糕的道路下来,那里只能长稀疏的灌木丛,石头间星星点点长着些草。我朝下走,但我如此确定我永远不会再上去,以至于焦虑弄醒了我。这种沟壑有但丁在地狱中说到的形状,但它是一座普通的地狱,即使是最伟大的心灵,也无法期望从中返回。

*

下午四点多,真正的云朵之间是云彩色的半月,下面是冬日傍晚的阳光,像剧院坡道的阳光一样猛烈,照在最后的叶丛上面,这叶丛,彼时,让人想起一个巢穴,一个麦秸做的马槽①。在这里,某个人想让他被寒冷缓缓战胜的思绪沉沉睡去。

*

---

① 指耶稣诞生的马槽。

事　后

那么是这样：

没有进步，没有向前迈出哪怕最小的一步，倒是有些退步，除了重复没别的。

没有一个真正的想法。只有一些情绪；一些情绪波动，逻辑越来越不自洽；只有一些碎片，一些生活的残渣剩饭，一些思想的表象，从一场崩溃或日益严重的状况中保存下来的一些断篇残简。一些零散的时刻，一些脱节的日子，一些零散的词语，因为用手触摸过比寒冷还要冷的一块石头。

确实，离黎明还很远。

仍然有些不能不说的，因为我们曾实实在在触碰到它。手冷如石。

纵使雨燕写得如此之快，它们在夏日天空划出的痕迹如此之高，亡者也再没法读到了。而我，仍怀着一种喜悦看着它们的我，它们也不会带我升天。

在它们下面，是这些无知的草稿。一种短暂而纯粹的逃避、试图飞升的微弱愿望，以及鹅卵石中最长久的旧病复发、最长久的退缩。

在逃跑者如一场雪般的悲伤中，再也看不到任何心的痕迹，永远看不到。或者又像一块布，永远拒绝打上一张脸的印记,甚至一只手的印记。

(然而仍有人在云上写作。)

这一丁点儿声响

感觉到一个世界的尽头,而在它之外,我将无法呼吸。

*

傍晚的颜色突然像玻璃(或鞘翅)
只是这天晚上,在这个地方

无声的海市蜃楼

透明之黑暗中打开的通道
晶莹剔透的玻璃,仿佛那里有层水的薄片,
薄薄的一层纯净的水
在所有景色、草地、树篱、岩石之上

仿佛一个只能看到后背的身影
亲切地邀请你进入
曾经梦到过的最清晰的夜晚。

*

如果是光线握着笔,
是空气在文字中呼吸,
那就最好不过。

*

玻璃上灯的反光。诗歌,像一种反光,与我们同在,命中注定不会熄灭。

*

犬玫瑰，如此短暂，如此明亮，几乎无法称量，人们会用世界上所有的玫瑰去换它；然而，人们听着一只疲惫或幻灭的夜莺，最后一次尝试着歌唱，像一枚火箭，产生长长的火焰。

*

临终时，努力加入叶丛中寒冷的金色背景：在那里，不会再画圣像，但也许会画别的东西，画另一种面孔，或者仅仅画某些生命的征象，即使这脸会呈鳞片状剥落。

*

致敬冬日黄昏散落的金色，
致最后落下的树叶，致它们被照亮的移动着的枝条。

夜幕降临前平静下来的树叶，包含着间隙——就像所有这些藏在高大月桂树丛中的鸟儿，终于开始沉默。然而天空变晴，几乎失去了颜色，除了在靠近土地的地方，仍有一点儿粉红；它不再是天空，它是不再对任何东西构成阻碍的事物，是不再有重量的东西，它充其量只是连最后的流云也不会打扰的空气——而远山自己也变成了云，只是悬浮着，一动不动。那么在夕阳中突然闪闪发光的星辰是什么？为隐藏的一只耳朵、一个脖子、一只手腕准备的饰物，一个空气的饰物？路上的一个征兆，朝着我们这些时光幽暗背景中的他者而来？远古之火中幸存下来的一堆余烬？我们不要用太多词掩盖它，即使是头脑中想到的最清晰的词！还是让我们擦掉这些词，不要拖延。什么也别剩下，除了领着它那群姐妹的一只蜜蜂。

*

昨晚天空的颜色，在山一般沉重的灰烬之云、雪之云的下面：是粉红色、黄色和绿色；更准确地说，是差不多的粉红色、勉勉强强的黄色、勉勉强强的绿色，是丝带按照最细微的差别叠放在黑暗前,透明,柔和地闪着光——是花朵小心地并排平放在一个隐形的筐中——是在无声地邀请,加入地平线上的花之神。

*

积雪的兰斯山上方的满月:与雪"颜色"相同的月亮,材质也相同,仿佛这月亮是雪被风吹走的碎片。这并不会洗去血渍,并不比"所有的阿拉伯香水"更强。

*

日子停止变短了。这是某种有助于复活所不可缺少的东西,像又有了一小勺光;或者,更庄重地说,像一块石板给抬起来了,不知不觉之中。

也好像一个人在行进中升高了几米,以便能看到前面稍微远一些。

*

(这一点点声音仍直达心灵,
几乎全是往事的心灵。

这不多的几步,仍偷偷地向这似乎正在远离的世界探出,而更像是心灵不情愿地让它这么做。

但这点上没有怨言,没什么会掩盖终极的喧嚣;没有一滴泪,会扰乱越来越远的天空的视野。

控制不佳的词、排列不当的词、重复啰嗦的词,仍像溪流的一个影子般,陪伴着这位旅人。)